KB062847

방학동엔 별이 뜬다

윤원일 소설가가 쓴 북한산 산동네 이야기

방학동엔 별이 뜬다

초판 1쇄인쇄 2022년 6월 1일
초판 1쇄발행 2022년 6월 3일

저   자 윤원일
발행인 박지연
발행처 도서출판 도화
등   록 2013년 11월 19일 제2013-000124호
주   소 서울시 송파구 중대로34길 9-3
전   화 02) 3012 - 1030
팩   스 02) 3012 - 1031
전자우편 dohwa1030@daum.net
인   쇄 유진보라

ISBN ｜ 979-11-90526-79-4 *03810
정가 15,000원

도화道化, fool는
고정적인 질서에 대한 익살맞은 비판자,
고정화된 사고의 틀을 해체한다는 뜻입니다.

방학동엔 별이 뜬다

윤원일 소설가가 쓴
북한산 산동네 이야기

방학동에 산 지 40년이 돼 간다. 누군들 자기 고향과 동네를 좋아하지 않을까만은 나는 〈내가 사는 동네 방학동〉을 몹시 좋아한다. 삼십여 년 전 부모님이 영등포구 친척집에 가셨다가 자정이 다 돼 택시를 탔는데 두 시간이 넘었는데도 도착하지 않는 거다. 추운 겨울날 길거리에서 택시가 오기를 기다리던 때의 초조감을 생각하면 지금도 고통스럽다. 술 취한 아버지가 방학동 갑시다 한 말을 택시 기사가 방화동으로 듣고 완전히 반대 방향으로 갔던 거다. 두 분은 택시 안에서 잠들고. 핸드폰이 없던 시절 아버지 어머니가 탄 택시가 너무 늦는다 싶어 길거리에 나가서 자정이 넘은 시각에 가끔씩 오가는 택시를 전전긍긍 살펴보던 때의 그 초조감이라니. 이 일은 트라우마가 되어 지금까지도 방학동이란 말을 입 밖에 낼

때마다 잠깐 머릿속에 스치듯 떠오른다. 누군가에게 확인하듯 입버릇처럼 방학동 방학동 하며 읊조리다가 급기야는 〈방학동 이야기〉란 책을 펴내기에 이르렀다.

방학동엔 별이 뜬다. 국립공원인 북한산과 도봉산의 양팔 품 안에 자리 잡은 산동네이다 보니 어떤 날 밤엔 달이 휘영청 밝고 또 어떤 날 밤엔 별도 더 빛나 보인다. 도시와 전원과 산골의 정취가 두루두루 섞여 있는 마을이다. 내 나이 또래의 이웃집 남자가 말했다.

"방학동엘 한번 들어와 살면 다른 곳으로 이사 못가요. 여긴 블랙홀이예요. 하하."

방학동에서 살며 생각하며 느끼며 기뻐했고 사랑했던 그리고, 때론 힘들었던 이야기들을 썼다.

차 례

머리글

방학동에 둥지를 틀다 / 9

술 장로 2대 / 12

연산군묘를 개방시킨 영화 〈왕의 남자〉 / 19

발바닥공원 / 32

시련의 세월을 겪다 / 43

춤꾼이 되려했던 사나이 / 56

방학동 뻐꾸기 형님 / 79

방학능선 쉼터에서 만난 〈박사모〉 할머니 / 93

방학동 좌파 / 103

방학동 보헤미안 / 120

〈세익스피어 연극배우〉가 되다 / 136

북한산 그 산길, 그리고 〈독립군 영토〉 / 150

칸트와 나 / 158

우리 동네 최고의 산책길. 우이천 둘레길 / 164

포토에세이 / 방학동 명소

단편소설

M / 177

방학동에
둥지를 틀다

"바로 여기다! 이리로 이사 오자."

　1984년 5월 중순 경이었던 듯싶다. 도봉구 방학동에
대단위 아파트단지를 분양한다는 광고가 연일 신문지상
에 실렸다. 분양 광고엔 3천 세대가 넘는 대규모 아파트
단지의 조감도와 좌우로 북한산과 도봉산의 멋진 봉우리
들이 병풍처럼 에워싼 광경이 묘사돼 있어서 보는 이의
눈을 사로잡았다. 관악산 아래 마을인 경기도 과천의 주
공아파트에서 살고 있던 나는 과천과는 사뭇 다른 분위
기의 풍광에 호기심이 일었다. 나는 아버지를 설득해서
사당동에서 지하철 4호선을 타고 와 쌍문역에서 내린 후
방학사거리까지 걸어갔다. 봄 가뭄으로 실개천이 돼버

린 방학천을 따라 왼쪽으로 방향을 트는 순간 전면에 우
뚝 솟아있는 북한산의 인수봉과 백운대와 신선대가 만든
삼각산 모양의 정상과 마주했다. 아버지와 나는 동시에
아! 하는 탄성을 질렀다. 당시 방학동 주변엔 이렇다 할
높은 건물이 없었기 때문에 북한산과 도봉산의 기암 절
경의 암봉들과 마을 위로 좌우로 길게 펼쳐진 능선이 고
스란히 보였고 특히 새로 지어진 아파트단지 위로 돌출
한 개구리 턱 모양의 짙은 회색빛 화강암인 인수봉의 위
용은 그 특이한 모양으로 눈길을 사로잡았다. 강원도 설
악산이나 전라남도 지리산 등 멀리 있는 산을 더 자주 찾
아다녔던 나는 서울 근교의 산이라서 다소 무시했던 북
한산과 도봉산의 뜻밖의 절경에 큰 감흥을 받았다. 인수
봉을 넋을 잃고 바라보던 아버지가 맨 처음 꺼낸 말
이 〈이리로 이사 오자!〉였던 것이다. 관악구 상도동에
서 오랫동안 살았고 강남구 도곡동을 거쳐 과천의 주공
아파트로 이사 간 것인데 이번엔 오히려 한강을 건너서
강북 지역의 도봉구 방학동으로 이사를 왔으니 이날이야
말로 〈강남 부동산 부자〉로부터 멀어지는 결정적인 계

기가 된 순간이 아니었나 싶다. 누군가 "부동산은 운명이다"라고 했다는데 맞는 말인 것 같다. 그럼에도 우리 가족은 이곳 방학동에 살면서 참으로 소중한 것들을 얻었으니…… 방학동 산골 마을에서 사는 동안 부모님이 행복하셨고 우리 부부도 두 자녀와 함께 행복한 삶을 살았다. 딸과 아들이 주변의 아름다운 풍광에 영향을 받아선지 선하고 인정 많고 아름다운 사람으로 성장해 준 것이 무엇보다 기쁘다. 언젠가 나는 아들에게 〈방학동의 힘〉 이야기를 한 적이 있었다. 당시 〈강원도의 힘〉이란 영화를 보고 나서 약간은 변명 삼아 갖다 붙인 말이었는데 아들이 내 말에 전적으로 동감해 주었다. 누군가는 〈부동산의 힘〉이 훨씬 더 크다고 말할지도 모르겠다. 맞는 말이다. 그러나 인생을 살아보니 그 힘도 꽤 크지만 이 힘도 꽤 크다는 게 나의 생각이다.

술 장로 2대

매년 추석이 오면 나와 내 처는 아버지가 생전에 매일 같이 오르고 내린 도봉산의 한 귀퉁이에 숨겨진 작은 능선 길을 찾아간다. 그곳에 소위 아버지의 공덕비(큰 바위)가 서 있기 때문이다. 그곳에서 우리 부부는 싸갖고 간 명절 음식과 함께 소주를 한잔 나눠 마시는데 날씨가 좋은 날엔 오래 동안 바위 위에 앉아 발아래로 펼쳐진 도봉구와 노원구의 밀집한 아파트단지와 멀리 불암산 수락산을 바라보며 똑같은 광경을 바라봤을 아버지에 대한 추억에 잠기곤 한다. 이곳은 정규 등산길이 아니고 천주교의 옛 공원묘원을 둘러 싼 산자락의 한적한 숲길이어서 오후 늦은 시간에 혼자 올라오면 으스스한 기분이 들기도 한다. 이십여 년 전 아버님과 동네 친구 두 분이 이거친 능선 길에 무려 삼년에 걸쳐 돌계단을 만들어 놓았던 것이다. 계단 돌은 산 주변에 흩어진 크고 작은 돌들을 줍거나 캐내서 매일 한두 개씩 옮겨온 것이라고 들었다. 돌계단이 끝나는 곳에 마치 반원 모양의 커다란 연자맷돌 같은 바위가 서 있는데 이 바위 표면에 두 분의 노고를 기린다면서 동네 노인들이 소위 〈공덕 사항〉을 새겨 넣었던 것이다. 우리 부부는 매년 그 글을 읽으면서 미소를 짓곤 했다. 예컨대, 〈장하다. 오랜 시간 땀 흘러 이곳에 이웃을 위해 돌계단을 만들어 놓은 모 아무개와 윤

아무개의 산사랑 사람 사랑을 높이 기린다!〉. 영국 런던에서 사는 여동생은 추석이면 우리가 카톡으로 보내 주는 이 바위의 최신판 사진을 보며 덩달아 아버지에 대한 추억에 잠긴다고 말했다. 그런데 이번 추석에 가보니 국립공원 관리공단에서 이 바위 위에 새겨진 글자를 마치 대패로 밀듯이 제거해 놓았다. 게다가 이 작은 숲길 입구에 〈출입 시 과태료 30만 원 부과〉란 표지까지 큼지막하게 설치해 놓았다. 우리 부부는 30만 원 벌금은 내겠다는 각오로 과감히 침투(?)했지만 아버지의 이름이 희미하게 흔적만 남아 있는 바위 앞에서 한동안 망연자실했다. 이렇게 될 줄 알았으면 아버님의 유품이라도 태워서 재를 이곳 돌계단 주변에 뿌릴 걸 그랬다는 후회가 들었다. 내년에도 찾아와야 하는지, 아니, 이 정다운 숲길을 걸어 올라올 마음이 생길지 왠지 아쉽고 서운하고 쓸쓸한 마음이 들었다.

　83세로 돌아가신 우리 아버지는 서울의 한 개척 교회의 장로이셨다. 배움이 많지 않았던 분이 장로가 된 건 아마도 그 교회 목사가 변두리 동네에 교회를 개척할 당시 어려운 여건에도 끝까지 목사를 도와가며 전도와 봉사활동을 많이 하셨기 때문이었다. 교회의 성도들이 몹시 좋아하고 따르는 분이란 말을 나는 목사로부터 자주 들었다. 하지만 어머니는 아버지가 집에 와선 성경을 펴놓고 읽는 걸 본 적이 없다며 항상 푸념을 하셨다. 이유인 즉 다른 장로들은 주일 예배 때 대표 기도를 하면서 성경 구절을 자주 인용하는데 아버지께선 그저 건강하고 행복하게 잘 먹고 잘살게 해주시고 죄짓지 않게 해주시고 또 열성을 다해 전도하게 해달라는 내용의 기도만 한다는 것이었다.

"장로가 성경은 안 읽고 맨 날 술만 먹으니 그렇지."

38년 전 북한산/도봉산 아래 산골동네인 방학동으로 이사 오고부터 아버지는 종일 산에서 살다시피 하셨다. 당시는 국립공원 관리가 심하지 않아 동네 노인들이 산속에 움막 같은 아지트를 만들어 놓고 음식을 해 먹고 고스톱도 치고 그랬다. 아버지는 일요일엔 교회 장로였고 평일엔 산채山寨의 유력한 간부였던 것이다. "술도 다 하나님이 만드신 음식이여!" 아마도 아버지는 산채에서 동네 친구분들과 술 마시면서 이렇게 건배하셨을 것이다.

　부모님을 모시고 살았지만 부모님이 다니는 교회가 집에서 먼 바람에 우리 부부와 아이들은 동네에서 가까운 교회를 다녔다. 당시 직장을 다녔던 나는 거의 매일 같이 술을 먹고 귀가했다. 그러면서도 일요일은 꼬박꼬박 교회를 나갔다. 교인의 중요한 덕목 중 하나인 성수 주일을 잘 지킨 것이다. 여기엔 아내의 신실한 신앙생활이 견인차 역할을 했다. 아내는 주일 학교 봉사도 열심히 했고 십일조며 감사 헌금도 나름 충실하게 헌금했다. 그때마다 모두가 내 이름으로 헌금하다 보니 나는 교인의 중요한 덕목인 헌금 생활에서 높은 점수를 받아 때가 되자 안수집사 후보에도 장로 후보에도 무난히 올랐다. 평일엔 직장 동료나 친구들과 어울려 술 마시고 떠들고 노는 화류계(?) 생활을 몹시 좋아한다는 걸 알 리가 없는 성도들은 장로 인정 투표에서 2/3 이상이 찬성하였다. 장로가 된 지 십여 년 후 내가 직장을 그만두고 소설가가 되자 나의 자유로운 화류 생활은 더욱 심화되었다. 남동생이 아버지에 이어 장로가 된 걸 가문의 영광이라고 몹시 자랑스럽게 여겼던 신앙심 깊은 누님들이 반대했지만 나는 심사숙고한 끝에 60세에 장로직을 조기 은퇴하기로 결단하였다. 〈술 장로〉였던 나는 결국 술과 장로 중 술을 택한 셈이었다. 내가 장로가 된 지 얼마 안 됐을 때 한 번은 아버지가 술에 만취돼 귀가하시면서 현관문 앞에 털썩 주저앉아 못 일어나셨다. 내가 부축해 일으키며 다음과 같이 말했다. "아버지. 장로가 뭐 이렇게 술을 많이 마셔요?" 그러자 아버지께서 혀 꼬부라진 목소리로 말했다. "너나 술 좀 작작 마셔라 이놈아. 교회 장로란 녀석이 원."

어머니가 살아계실 때 우린 매년 천안공원 묘에 있는 아버지 산소를 찾아갔다. 산소 앞 제단 위엔 펼쳐 놓은 성경책 모양의 돌조각을 세우고 그 위에 아버지께서 생전에 즐겨 부르시던 찬송가 구절을 새겨 놓았다. 어느 해인가 어머니가 쭈뼛쭈뼛 백을 열더니 흰 종이에 싸여

진 무언가를 꺼내셨다. 진로 소주였다. 어머니는 산소를 한 바퀴 돌면서 구석구석에 정성스레 소주를 부으셨다.

"당신이 술을 하도 좋아해서 지긋지긋했었는데 오늘은 내 술 한잔 올리니 맛있게 자시구려."

옆에서 이 광경을 지켜보던 〈술 장로 2대〉인 나는 공원 묘역 위의 하늘과 떠가는 구름을 올려다보며 눈시울을 붉혔다.

연산군묘를
개방시킨 영화 〈왕의 남자〉

　북한산 둘레길 중 〈방학동 왕실묘역길〉 주변은 1980
년대 초만 해도 서울에서 가장 후미지고 어두운 산골짜
기 동네였다. 우리나라 최초의 택시강도가 붙잡히기 전
며칠 동안 숨어 있던 곳이 바로 이곳이었다. 이곳에는 조
선조 이씨 왕가 사람들의 무덤뿐만 아니라 조선조 고관
대작들의 무덤이 산속 곳곳에 위치해 있는데 세종대왕
의 셋째 따님인 정의 공주의 묘도 있다. 맞은편엔 천주교
의 공원묘원이 있었고 현재는 국립공원 정책에 따라 이
장 중이며 소설가 염상섭의 묘가 이곳에 있다. 산기슭의
아래쪽엔 파평 윤씨 일가가 600년 동안 집성촌을 이루며

살았다는 〈원당 마을〉이 있고 초입에 그 유명한(?) 연산군의 묘가 있다.

우리 집이 이곳 방학동의 신동아아파트 단지로 이사온 때는 1985년이었다. 당시 나는 서울올림픽대회조직위원회에 근무했는데 송파구 올림픽선수촌아파트가 분양이 미진하자 직원들에게 분양 신청해보란 권고도 있었지만 산 밑에서 사는 걸 원하시는 아버지 때문에 이곳으로 옮겨왔다. 북한산 인수봉과 도봉산 만장봉이 좌우 능선 위로 멋있게 솟아 있는 골짜기 터에 3천 세대가 넘는 아파트 단지가 조성됐지만 안쪽의 꽤 넓은 땅은 개발이 멈춘 공터로 남았다. 농경지로 남게 된 이곳엔 수령 700여 년 된 은행나무가 있었고 바로 곁에 문화재 사적 362호인 〈연산군묘〉가 오래전부터 철책으로 격리되고 철제문이 굳게 닫힌 채 음습한 공간으로 자리 잡고 있었다. 〈연산군묘〉는 걸핏하면 사람들이 훼손하려 들어서 민간에게 개방을 못 하고 있다는 말을 들었다. 그러다 보니 묘역 주변은 을씨년스럽기 짝이 없었다. 밤에 주변을 산책

하노라면 으스스한 기운이 들어서 묘 쪽으론 시선을 돌리기가 겁이 났다. 연산군의 폭정을 다룬 TV 드라마나 영화를 많이 봐선지 나는 이곳 근처엘 가면 자연 험악한 표정의 연산군이 휘두른 칼에 목이 베이고 시뻘건 인두에 살이 타 죽는 사람들의 모습을 떠올리곤 했었다. 어디선가 귀신의 곡소리가 들릴 것만 같았다. 한데 놀랍게도 이곳에서 안쪽으로 산 밑까지 이십여 채의 오랜 집들이 있었으니 이곳이 바로 600년 된 파평 윤씨의 집성촌 〈원당 마을〉이었다. 파평 윤씨 가문의 늙고 쇠락한 후손들이 사는 동네라서 그랬을까. 이곳은 마치 1960년대의 시골 동네와도 같았다. 이런 원당골이 어느 날 도봉구에서 가장 아름다운 마을로 탄생하기 시작한다. 바로 영화 〈왕의 남자〉가 공전의 대히트를 치고부터다.

북한산/도봉산의 수려한 산세와 풍광에 둘러싸이고 키 큰 소나무와 연못 정자가 어우러진 아름다운 마을이 탄생하게 된 건 원당골 바로 입구에 버티고 서 있는 은행나무 덕분이 아닐 수 없다. 이 은행나무가 아파트 단지 조성을 위해 산자락 턱밑까지 기세등등 밀어닥치던 불도 저를 막아섰던 것이다. 연산군묘를 파수꾼처럼 지키며 서 있던 오래된 거목, 이 은행나무는 잘려 나가기 직전에 한 환경 운동가가 나무 위에 올라가 필사적인 농성을 벌이자 TV 뉴스로 크게 보도되었고 건설사는 확장 개발을 포기하고 서울시는 이 은행나무를 서울시 지정 보호수 1호로 지정하기에 이른다. 대형 건설사가 개발을 포기한 은행나무 주변엔 아쉽게도 작은 빌라가 우후죽순 들어서는 바람에 서울시는 나중에 40여억 원의 예산을 들여 빌라 두 동을 구입해서 헐어버리고 은행나무 서식 공간을 넓혀야만 했다. 그러나 연산군묘 뒤쪽에 있는 파평 윤씨 집성촌 원당골은 소위 환경벨트의 덫에 걸려 이후 이십여 년 동안 개발의 손길로부터 멀어진다. 내가 방학동으로 이사 왔을 때 이곳 원당골은 겨울이면 밭농사에서 사용된 검은 비닐과 온갖 쓰레기가 바람에 나뒹구는 황폐한 땅으로 남아 있었다. 파평 윤씨 일가들이 식수원으로 사용했던 원당샘은 무너진 돌무더기 속의 컴컴한 우물로 변해 있었다. 바로 옆의 〈연산군묘〉는 밤이면 원귀들이 서성일 것만 같은 깊은 어둠과 정적 속에 파묻혀 있었다.

그러던 2005년 12월. 이곳에 방학동의 아름다운 명소
〈원당 마을〉이 새롭게 탄생하게 되는 순간이 찾아온다.
바로 연산군을 배경으로 한 영화 〈왕의 남자〉가 상영되
고 공전의 대히트를 친 것이다. 영화 〈왕의 남자〉는 개
봉 두 달 만에 관객 수 1천 230만 명을 돌파하여 〈태극기
휘날리고〉의 최다 흥행 기록(1,174만)을 갈아치웠다. 7
개월 후 봉준호 감독의 〈괴물〉에 의해 1위 기록이 깨졌
지만 극장 관객 수입액으론 단연 1위의 자리를 차지할
만큼 대 흥행이었다. 사극 영화치곤 저예산인 43억 원을
투자한 이 영화는 극장상영수입 5백 84억 원을 벌어들여
영화투자로서도 대박을 기록했다. 뿐만 아니라 연출가
이준기는 대종상 감독상, 백상예술대상 황금촬영대상을
받았고 주연인 두 남자는 대종상, 춘사영화제 남우주연
상, 백상 예술대상, 신인남우상 등 각종 상을 휩쓸었다.

영화 〈왕의 남자〉는 연산군일기 60권 22장에 나오는

방학동엔 별이 뜬다

다음의 간단한 기록을 기초로 만들어졌다. 〈한 광대가 왕에게 "임금은 임금다워야 하고 신하는 신하다워야 하고 아비는 아비다워야 하고 자식은 자식다워야 한다. 임금이 임금답지 않고 신하가 신하답지 않으니 비록 곡식이 익은들 어찌 먹을 수가 있으랴" 하고 말했다가 참형을 당했다〉. 미천한 신분인 광대가 왕을 대면하여 꾸짖었다는 게 믿을 수 없지만─연산군일기는 왜곡된 실록이라고 주장하는 역사학자도 있다─최하위 신분인 광대가 최고 신분인 왕과 대면해서 말했다는 이 단 한 줄의 기록으로부터 김태웅 작/연출의 연극 이爾가 만들어졌고 다시 이 원작에 영화적 상상력이 마음껏 보태졌다.

조선의 연산군 시절 남사당패 광대 장생(감우성)은 女裝 광대 공길(이준기)과 함께 한양으로 올라와서 연산(정진영)과 애첩 장녹수를 풍자하는 놀이판을 벌이다 궁중 내시의 눈에 띄어 구중궁궐의 우울한 군주 연산을 위로해 달라는 요청을 받고 궁궐의 희락원喜樂園에 들어간다. 왕 앞에서 공연하는 궁중 광대가 된 장생과 공길은 주로 탐관오리를 풍자하는 해학극을 벌이다가 여인들의 암투로 왕이 후궁에게 사약을 내리는 경극을 선보인다. 이 연극을 보던 연산은 문득 자신의 생모 〈폐비 윤씨〉가 사약을 받고 피를 토하고 죽은 옛일을 상기하곤 그 자리에서 선왕의 여자들을 칼로 베어 죽인다. 공연할 때마다 궁 안이 피바다로 변하자 장생은 궁을 떠나기로 결심하지만 왕의 사랑을 받는 女裝의 공길은 연산에 대한 연민 때문에 차마 궁을 떠나지 못한다. 결말은 우리가 다 아는 연산의 몰락이지만 女裝 공길과 연산 간의 기묘한(?) 사랑은 관객들의 마음을 사로잡는다. 1993년에 상영된 세계적인 중국 영화 〈패왕별희〉에서의 경극 배우 장국영과 공리 간의 동성애적인 슬픈 사랑에 가슴이 저렸던 관객들은 공길을 살리기 위해 자청에서 눈이 머는 장생의 사랑에 또 한 번 가슴을 친다. 사약 먹고 죽는 어미 역을 하는 공길을 연산이 끌어안고 우는 장면에서 관객들은 숨이 막힐 듯한 애절함을 맛본다. 연산으로 분한 연극 배우 출신 정진영의 그 얼빠지고 망연자실한 표정, 어미를 그리워하는 아들의 그 애절한 슬픈 표정은 지금껏 악역 배우 이예춘이나 이대근이 영화나 TV에서 연기한 포악한 연산의 표정과는 전혀 다른 것이었다. 나는 바로 이 정진영의 표정이야말로 오랜 세월 동안 문을 굳게 닫아걸고 있어야만 했던 연산군묘를 민간에게 활짝 열어젖히게 만들었다고 생각한다. 나의 경우도 영화를 본 이후론 캄캄한 밤에 연산군묘 주변을 산책해도 더 이상 귀신이 무서워서 시선을 돌리는 일이 없어졌던 것이다. 이런 마음이 든 건 나뿐만이 아니란 걸 후에 알았다.

〈왕의 남자〉가 상연된 다음 해 이른 봄 나는 연산군묘 주변에서 부산한 움직임을 목격했다. 인부들이 철책을 보수하고 묘역을 단장하고 입구엔 안내 부스 같은 가건물을 세우고 있었다. 공사 감독을 하는 한 관계자로부터 일반에게 개방하기 위해 단장한다는 이야기를 들었다. 옛날엔 문화재인 이곳 묘역을 훼손하려는 사람들이 많아서 개방하지 못했는데 이젠 사람들의 인식이 많이 바뀐 것 같다고 말했다. 영화 〈왕의 남자〉 때문이란 말은 누구도 하지 않았다. 연산군묘가 일반에 개방되는 날 나는 호기심 때문에 각지에서 모여든 많은 사람들과 함께 묘역을 구석구석 둘러보았다. 원래 이 무덤의 주인은 태종의 후궁 의정궁주 조씨였으며 연산의 부인 신씨의 청을 받아들여 유배지 강화에 묻힌 연산을 이곳의 상궁 조씨 묘의 뒤쪽에 천장遷葬했던 것임을 알았다.

햇살이 가득한 따스한 봄날 연산군묘를 둘러보던 중 나는 한 젊은 엄마가 초등학교 4~5학년 정도의 아들과 함께 나무그늘 아래에 앉아서 이야기 나누는 것을 지나치면서 얼핏 듣고 미소를 지었다.

"엄마. 연산군은 사람들을 많이 죽인 나쁜 왕이라던데."

"글쎄다. 그렇긴 해도 자기 엄마를 모함해서 사약을 먹여 죽인 사람들을 어떻게 용서해?"

내가 흘끗 뒤돌아본 젊은 엄마는 다소 난감한 표정을 짓고 있었고 엄마 말을 들은 어린 아들의 표정엔 왠지 단호한 구석이 떠올라 있었다.

"나 같아도 내 엄마를 죽인 놈은 절대 용서 안 할 거야."

어린 아들의 얼굴에서 이런 표정을 읽은 건 나의 오버 센스였을지도 모르겠다.

연산군묘가 개방된 후 문화재 해설사를 대동한 관람객이 연일 끊이지 않는다. 은행나무 주변도 잘 정비되었고 그리고 무엇보다 파평 윤씨 집성촌의 샘물인 원당샘도 정비되어 약수터 명소가 되었다. 키 큰 소나무와 넓은 잔디밭과 인공폭포와 연꽃이 자라는 연못가에 멋진 정자도 지어졌다. <원당공원>이 탄생한 것이다. 원당공원이 탄생한 첫 해 나는 도봉문학회 회원들과 함께 이곳에서 시화전과 음악회를 열었다. 도봉구 주민이었던 이생진 시인, 황금찬 시인도 참석해서 자작시를 낭송했고 축하 말씀도 했다. 대진대학교 영문과 교수인 박정근 소설가가 가곡을 불렀고 박 교수가 초청한 음악가들이 바이올린, 클라리넷을 연주했다. 행사를 준비하면서 나는 언론인 출신 신동준 교수의 『연산군을 위한 변명』을 탐독했다. 나는 이 책에서 소개된 연산군의 대표적인 시를 멋진 걸개에 인쇄해서 연산군묘 담장에 걸었다. 행사에 참석한 연산 승모회 회장이 내게 말했다.

"고맙소. 연산의 시를 시화전 때 함께 걸어 놓은 건 내 평생 처음 보는 일이오."

나는 왜 연산군을 추모하는 일에 열성이었을까. 연산의 어머니가 바로 <폐비 윤씨>였기 때문에? 파평 윤씨 집성촌 원당골에서 연산의 비극을 가까이서 목격했던 윤씨 조상님들의 무언의 부탁이 있었던 건 아닐는지.

발바닥공원

방학동엔 특이한 이름의 명소가 있다. 바로 〈발바닥 공원〉. 방학동 신동아아파트 단지를 옆으로 끼고 마치 발바닥처럼 길게 만들어진 생태 공원이다.

도봉산의 방학능선 산자락에서 만들어진 방학천은 천주교공원 묘원 앞과 연산군묘 뒤쪽 담장 밑을 실개천으로 흐르다 제법 넓은 하천이 돼가며 방학동 마을을 지나 중랑천으로 흘러 들어간다. 여름철 비가 많이 올 때를 제외하곤 물 흐름이 거의 없는 마른 하천이었다. 이곳엔 1960년대 중반부터 판자촌이 개천을 따라 길게 늘어섰다. 옛날 사진을 보니 판자촌의 길이가 꽤 길어서 백여 가구가 넘어 보였다.

신동아 건설사가 1980년대 초 방학동에 아파트를 건설하면서 방학천변의 판자촌 철거가 큰 골칫거리로 등장하였다. 대부분 무허가 판자촌이어서 토지 및 건물 보상비를 책정할 수가 없었던 것이다. 일부 주민들은 적은 보상비를 받고 이곳을 떠났지만 50여 가구 주민들은 끝까지 버티고 살았다. 3천여 세대가 넘는 아파트 단지가 완공되자 이곳 판자촌은 더욱 큰 골칫거리에 눈엣가시 같은 존재가 되었다. 아파트 단지의 담장을 따라 길게 늘어선 이곳 판자촌은 흉물스럽기도 했지만 여름엔 악취가 난다고 주민들의 민원이 끊이질 않았다. 아파트 주민들과의 다툼도 자주 벌어졌다. 도로에서 3~4미터 아래쪽의 천변을 따라 다닥다닥 붙어 있는 판자촌이다 보니 이 길을 지날 때면 본의 아니게 마치 짐승 우리 구경하듯 내려다봐야만 해서 판자촌 주민들의 시선과 마주칠까 봐 긴장이 되었다. 여름철 소독차가 길 위에서 아래쪽으로 뿌얀 소독약을 뿌려댈 때는 보기가 민망스러웠다. 그러나 이곳도 우리와 똑같은 사람들이 사는 곳이었으니 아침이면 직장에 출근하는 가장들과 교복을 입은 남녀 학생들이 활기차게 걸어 나왔다. 이런 환경에서 5~6년을 버텼으니 이곳 판자촌 주민들이 어떤 심정을 갖고 살았을지 지금 돌이켜보면 안쓰럽기만 하다. 많은 갈등을 겪은 후에야 서울시 도봉구청과 판자촌 주민들과의 보상 합의가 이루어져 이곳은 2002년 5월 생태공원으로 탈바꿈하기에 이른다. 콘크리트 아파트 단지 내에 주민들이 애지중지 사랑하는 생태 공원이 생겼으니 방학천 상류의 복개를 막아 준 판자촌 주민들에게 고마워해야 할 게 아닌가 싶다. 우리 신체의 발바닥처럼 건강에 중요하고 또 예전의 열악한 환경을 개선하여 중요한 공간으로 재탄생했다는 의미로 〈발바닥공원〉이란 이름을 붙였다는 설도 있고 생김새가 위에서 보면 발바닥 같이 생겨서 그런 이름을 붙였다는 설도 있다. 어쨌건 이곳은 도봉구가 매년 정성을 들여 가꾸는 생태공원으로 숲속엔 작은 도서관도 있다. 나는 30만 원에 구입한 지 얼마 안 된 김동리 전집을 이곳 도서관에 기꺼이 기증했다. 단, 진열대 밑에 〈방학동 주민 소설가 윤원일 기증〉이란 팻말을 써 붙이는 조건으로.

〈발바닥 공원〉 하면 내 딸애와 얽힌 이야기를 소개하지 않을 수가 없다. 나는 이 에피소드를 한 소설 속에서 다음과 같이 이야기했다.

딸애가 초등학교 6학년 때 일이었다. 담임선생이 부모의 학교 방문을 요청해서 교무실로 찾아간 적이 있었다. 이유를 몰라서 긴장이 되었다. 방과 후 시간이었다. 담임은 사십대 중반의 여선생이었다.

"오시라고 한 건… 크게 걱정할 일은 아닙니다만."

"……."

"최근 학교 폭력 문제가 경찰에서 나설 만큼 심각한 거 아시죠?"

"제 딸애가 누굴 때렸습니까?"

담임이 웃었다.

"그렇긴 한데 그게 좀 우스워요. 여자애가 어떻게 그

런 배짱이 있는지. 학교에서 상습적으로 남들을 괴롭히는 남자애들이 있어요. 녀석들이 미연이 단짝 친구를 방과 후마다 괴롭혔던가 봐요. 한데 미연이가 녀석들과 싸움을 벌였어요. 그것도 혼자서요. 주민이 경찰에 신고했어요. 미연이가 긴 우산을 휘두르는 바람에 한 녀석이 머리에 찰과상을 입었어요. 심하진 않고요. 경찰이 오자 남자 녀석들은 모두 도망쳤는데 미연이와 두 친구가 서로 부둥켜안고 울고 있었다는군요. 다행히 둘은 다친 데가 없었습니다. 경찰에서 입건하지 않겠다고 말했습니다. 경찰은 학교에서 남자애들을 불러다 벌주라고 요구했습니다. 친구를 보호하려던 용기는 가상하지만 미연이도 각서를 써야 한다는군요. 남자애 부모들은 모두 학교로 불려 와서 각서를 썼습니다. 사본을 경찰에 제출해야 합니다. 형식상 미연이 부모님도 각서를 쓰셔야 합니다."

"네. 쓰겠습니다."

내가 선뜻 대답했다.

"걱정되는 건 싸우는 게 습관이 될까 봐서요. 간혹 그런 경우가 있거든요, 아이들은 엉뚱한 영웅 심리를 가질 수 있어요. 녀석이 키가 커서 남자애들도 꼼짝 못 했나 봐요."

교무실로 들어설 때 내 모습을 봤는지 담임선생이

웃으며 말했다.

"미연이 키는 엄마 닮았나 보군요."

담임과 나는 함께 웃었다.

"미연이 단짝 친구는 새로 들어선 아파트 단지 옆의 뚝방 동네에서 사는 애예요. 보상 문제로 철거를 반대해서 새 아파트 주민과 마찰을 겪고 있어요. 애들까지 놀려대서 걱정입니다. 미연이가 친구를 감싸주곤 해서 기특하다고 생각했습니다."

"집에선 그런 사실 몰랐습니다. 여자애가 좀 무뚝뚝해서."

"그렇지 않아요. 노래도 잘하고 운동도 잘합니다. 우리 반 배구 선수인걸요."

별것 아니지만 나는 속으로 딸애에게 감격했다. 가슴이 찌르르하고 코가 시큰했다. 녀석의 엄마도 고등학교 때 학교 대표 배구 선수였단 말을 나는 들었었다. 나는 자녀 지도를 철저히 하겠다는 각서에 기꺼이 서명했다.

담임선생을 면담하고 집에 와보니 딸애는 자기 방 책상에 앉아서 숙제를 하고 있었다. 방문을 열고 들어가서 책상에 앉아 있는 딸애의 어깨를 다독거려 주었다. 딸애가 고개를 돌려 나를 올려다보았다. 야단 맞을까 봐 걱정하는 눈치였다. 내가 부드럽게 웃으며 말했다.

"무섭지 않았어?"

딸애는 말없이 고개를 가로저었다.

"아빠는 네가 자랑스럽다. 선생님도 그렇게 말씀하셨어. 가정 지도를 잘하겠다고 각서를 썼지만 상장을 탄 것 같구나. 앞으로도 그런 못된 놈들은 용서하지 말거라."

이 말을 하면서 나는 딸애를 안아주었다. 그날 딸애에게 품었던 자랑스러움을 나는 지금도 잊을 수가 없다.

★———

딸은 현재 두 아이의 엄마이다. 미국 CPA를 취득하고 외국은행에 근무하고 있는데 외국은행은 육아 환경이 국내 기업보다 유리한 것 같다. 외국 은행의 경우 직원의 70~80%가 여성이라고 한다. 그러니 그럴 수밖에. 어느 날 내가 손주 돌봄 당번을 하는데 딸애가 반차 휴가를 내고 일찍 귀가했다.

"아빠. 지우 알지?"

"그럼. 지금 잘 지내냐?"

"응. 학원 수학 강사야. 인기 강사래."

"아직 결혼 안 했나?"

"애인은 있는가 봐. 호호. 지우가 오늘 오후 아기 보러 집에 온다고 해서 반차 휴가 내고 왔어. 아빠 이제 가셔도 돼요."

"지우 오면 오랜만인데 한 번 보고 가야겠다."

지우는 그 〈판자촌〉에서 살던 아이였다. 딸애가 학교에서 지우란 아이와 제일 친하단 이야기를 처음 들었을 때 솔직히 우리 부부는 당황했었다. 그러나 우리 부부는 그 아이의 집 환경에 대해선 일체 아무 말도 안 하기로 정하였다.

그날 햇살이 드는 환한 거실에 앉아 아기를 하나씩 무릎 위에 안고 다정히 이야기를 나누던 두 친구의 모습이 눈에 선하다. 현관문을 닫고 나오는데 콧잔등이 시큰해졌다. 나는 지우가 아름답고 행복하고 건강하게 그리고 무엇보다 풍요로운 삶을 살아가기를 속으로 기도하였다. 오늘날 점점 더 아름다워지고 풍요로워지는 〈발바닥공원〉처럼.

★ 발바닥공원의 옛 모습과 현재 모습

방학천의 현재 모습

그림_문인화가 박미진

시련의
세월을 겪다

"도봉산이 없었더라면 난 아마 죽었을 거야."

1999년 IMF 때 백수가 된 상계동 사는 친구가 한 말이다. 그는 집 앞의 도봉산을 매일 오르면서 절망감을 이겨냈다고 했다. 일 년 후. 나도 직장을 명퇴하고 도봉산의 방학 능선을 헤매게 된다.

IMF 사태가 터지기 전 나는 동화은행의 지점장이었던 어릴 적 친구와 〈부동산투기용 재개발 딱지 구입〉을 위해 서로에게 은행 대출 맞보증을 섰다. 오 맙소사! 은행이 망하는 일이 생긴 것이다. 은행 친구는 사방팔방 빚을 지고 실직자가 됐고 나는 거액의 빚보증을 고스란히 떠안게 되었다. 내가 친구의 맞보증으로 대출받아 사둔 재개발 딱지는 사업추진이 중단돼 휴지 조각이 되고 은행 대출금 이자율은 천정부지로 치솟았다. 어느 날 친구가 심각한 낯빛으로 내게 말했다. "너 명퇴 신청하면 안 되겠냐?" 소위 신의 직장이라 불리는 공기관의 부장이었지만 달리 방법이 없다는 걸 알았다. 나는 퇴직금과 명퇴금과 아파트를 지키기 위해 친구가 알려준 방법을 서둘러 취했다. 어느 정도 급박했냐 하면 내가 경리과로부터 퇴직금/명퇴금을 수령한 지 세 시간 만에 월급 압류 법원통지가 송달됐으니 말이다. 사장까지 나서서 퇴직금 명퇴금 등을 조기 정산 지급하도록 특별 조치를 취했으니 그 긴박함과 초조감은 상상만 해도 끔찍하다. 은행 재직 시절 대출금 채무자에 대해 압류 등 각종 법적 조치를 매정하게 해댔던 친구 녀석은 이번엔 거꾸로 은행의 법적조치를 면탈하는 방법을 내게 알려준 것이다. 나는 그의 조언대로 내 명의의 아파트를 제삼자에게 가등기 쳤다. 제삼자가 마음만 먹으면 언제든 자기 재산으로 만들 수 있는 위태로운 조치지만 은행의 압류를 피하는 유일한 길이었다. 월급 차압과 부동산 압류에서 한발 늦은 채권 추심 법무법인은 〈사의에 의한 재산 도피 혐의〉로 나를 법원에 제소했다. 수시로 날아드는 살벌한 내용의 소송 관련 내용증명과 법원 통지문을 읽고 나면 나는 정신이 혼미해져서 반쯤 정신 나간 상태로 도봉산 숲속을 헤매고 다녔다. 방학 능선 안자락에 조성된 천주교공원 묘원으로 가서 죽음이 즐비한 그곳을 배회하며 〈구원의 손길은 어디서 올꼬〉 하며 탄식의 세월을 보낸다. 돈 문제는 돈만이 해결할 수 있다란 냉엄한 현실에 직면하기 직전, 기적 같은 일이 벌어진다. 은행 친구가 괴상한(?) 사업을 벌이더니 한몫 챙긴 것이다. 그가 은행 빚을 갚자─당시엔 자진 변제하면 원금만 갚는 제도가 시행되었다─나는 거머리 같은 금융 채권자의 손아귀로부터 벗어난다. 그러나 안타깝게도 83세였던 아버님이 급성 위암으로 돌아가시고 만다. 매일 아침 산을 뛰어서 오를 만큼 건강하시고 낙천적인 분이셨지만 아들의 느닷없는 실직과 비수처럼 날아드는 법원 통지문 등을 읽으시며 엄청난 스트레스를 겪으셨던 것이다. 이때 일을 생각하면 나는 지금도 〈불효자는 웁니다〉이다. 한데, 이런 백척간두 위기 속에서도 나는 한쪽 구석에 처박혀서 소설을 썼으니 후에 『월간문학』에서 신인상을 탄 중편 「모래남자」는 이 시절에 쓴 소설이다. 모래처럼 부슬부슬 허술한 인생을 사는 한 중년 남자의 쓸쓸한 사랑이야기인데 잠깐 책상 위에 놔두고 간 원고를 아내가 읽고선 울었다고 실토했다. 그리고 이 〈쓸쓸한 모래남자〉는 이듬해 건강 검진에서 위암 의심 판정을 받고 정밀 재검사를 받기에 이른다. 위내시경 초음파 검사를 받기 위해 진찰대 위에 누워있던 때가 지금도 생생하다. 이날의 경험을 나는 한 소설 속에서 다음과 같이 썼다.

　나는 진찰대에 누워서 곧 목구멍을 타고 넘어올 내시경의 굵은 튜브와 렌즈에서 점멸하는 하얀 불빛을 보며 가쁜 숨을 몰아쉬었다. 오 맙소사. 암이면 어쩌나. 내 삶이 여기서 끝날지도 모른다는 두려움이 들었다. 내가 지금 불현듯 종말을 맞은들 누가 신경이나 쓸 것인가. 나는 속으로 비명을 내질렀다. 헛구역을 참으며 눈을 꼭 감고 있는 내게 의사가 말했다.

"눈을 뜨고 직접 보세요. 궤양을 앓은 흔적이 있군요. 십이지장 입구에 큰 사이즈의 폴립이 보이네요. 위벽의 뒤쪽은 볼 수가 없으므로 이 부위를 초음파 검사할 겁니다. 시간이 걸립니다. 조금만 참으세요."

초음파 내시경은 일반 내시경 검사보다 세 배 이상 시간이 더 소요되었다. 위벽에 딱딱한 물질이 닿고 무언가 거북한 것이 이리저리 움직이는 게 느껴졌다. 목구멍의 마취가 풀렸는지 헛구역질을 참을 수가 없다. 식은땀이 흘렀다. 간호사가 말했다.

"잘하고 계십니다. 조금만 더 참으세요."

까닭 모를 회한이 밀려들었다. 그런데 잘하고 있다고? 지난 세월 내가 단 한 번이라도 잘한 일이 있었던 가 싶다. 잘한 일이 있었다면 그 일이 자랑스러웠을 텐데 아무리 머리를 짜내 봐도 자랑스러운 일이 기억에 없다.

"다 끝났습니다. 고생하셨어요."

내시경 튜브가 목구멍에서 서서히 빠져나갔다. 진찰대를 내려와서 테이블 위에 벗어놓은 안경을 주섬주섬 찾아서 썼다. 열 시간 정도를 굶은 터라 현기증이 느껴졌다. 비척대며 병실을 나오는데 '이제 어떻게 살지?' 하는 생각이 들었다.

검사 결과 악성 종양은 아니었다. 잔뜩 겁을 집어먹었던 나는 술과 담배를 끊었다. 그러자 늪과도 같은 권태가 찾아왔다. 나는 내 인생이 별로 나아질 게 없으며 종말을 향한 일상적인 시간만이 덤으로 남아 있다는 쓸쓸한 생각에 사로잡혔다."

★──

나는 의기소침해졌고 우울증 증세를 겪는다. 소설가가 됐지만 누구 하나 관심 주는 사람도 없다. 그러던 중 한국소설가협회에 가입했고 대책 없이 명랑한(?) 소설가들과 어울리면서부터 나는 비로소 정체감을 얻고 활력을 되찾기 시작했다. 나는 다시 시작해야겠다는 강한 의욕을 느꼈다. 먼 옛날, 문학에 몸이 몹시 달았던 문청 시절로 되돌아가고 싶었다. 방학능선 산자락을 헤매던 중 나는 불현듯 새로운 결심을 했고 나는 이때의 순간을 마치 정령처럼 찾아 온 Q*를 만나는 이야기로 각색해서 다음과 같이 소설로 썼다.

*예수의 어록인 〈도마복음서〉는 〈Q복음서〉로도 불린다. 〈도마복음서〉에서 예수는 "너희는 방황하는 자가 되라 (Be wanderers!)"라고 말했다.

어느 날 Q가 내게 찾아왔다. Q가 내게 정령처럼 속삭였다.

"거꾸로 해 보는 거예요."

큐의 말은 장난처럼 들렸다.

"거꾸로? 예를 들면?"

"수염을 기르세요."

"지저분해 보일 텐데."

"단정한 것 보단 사려 깊어 보이는 게 나아요."

"수염 기른 사람들 사려 깊어 보이지 않던데."

내 말에 큐가 웃었다.

"우린 자기와 다른 사람을 잘 인정하지 않죠."

"하긴."

나는 고개를 끄덕였다.

"또 뭐가 있지?"

"왈츠를 배우세요."

"왈츠?"

내가 눈을 동그랗게 떴다.

"그런 춤을 어떻게?"

"부인과 함께 배우세요."

"아내와?"

"부인을 사랑하고 싶다면요."

"내가 아내를 사랑하지 않는다는 말투군."

큐가 빙긋 웃었다.

"사랑하나요?"

나는 어깨를 으쓱했다.

"아내는 나를 백수라고 우습게 보지. 아내와 사랑을 나눈 지 일 년도 넘은 것 같아."

"당신은 소설가인데도 자신을 백수라고 말하는군요."

"소설 써선 밥을 못 먹으니 그게 백수지."

큐가 웃었다.

"당신 부인은 당신의 수호천사예요. 당신은 돈 벌어오는 부인 덕분에 노동으로부터 해방돼서 하루를 자유롭게 지낼 수 있죠. 한데 요즘 통 글을 안 쓰고 있군요."

"안 쓰는 게 아니고 못 쓰는 거지."

의기소침해진 내가 말했다.

"재능이 바닥났거든."

"충고 하나 할까요?"

"뭔데?"

"책을 읽지 말 것."

"책을 읽지 말라고?"

내가 눈을 크게 뜨고 되물었다. 큐는 잠자코 고개

를 끄덕였다.

"그나마 책 읽는 재미로 사는데."

"그러나 글은 못 쓰죠. 써야 할 시간에 남의 글을 읽으니까. 생각도 남의 생각을 빌어서 하고요."

난 큐의 말이 틀린 건 아니라고 생각했다. 책을 읽고 신문을 뒤적거리고 인터넷을 검색하면서 낭비한 그 많은 시간들을 생각해 보면 말이다.

큐가 말했다.

"당신은 부인 덕분에 온 하루를 얻었어요. 소설가로선 행운이죠. 한데 귀중한 시간을 낭비하고 있군요."

"쓰는 게 힘들어서 자꾸 남의 글을 읽는 거야. 이젠 중독이 돼서 쉽게 빠져나오질 못해. 글쓰기가 두려워."

"책 읽지 말기!"

큐가 다시 힘주어 말했다.

"알았어. 그건 한 번 실천해 보고 싶군. 한데, 왈츠 얘기를 다시 해 볼까? 춤도 춤이지만 꼭 아내와 함께 배워야 해?"

"네. 부인과 함께요."

"하필이면 왜 왈츠지? 다른 춤도 많은데. 지르박 같은 거 말이야."

"왈츠는 춤 상대를 구하기가 힘들거든요."

"아내하고만 춤추라는 뜻이군."

"왈츠는 몸을 붙이고 추는 춤예요. 다른 여자하곤 안 돼요."

큐가 내게 윙크를 보냈다. 큐가 내 마음을 떠보는 것 같다.

"부인과 함께 왈츠를 배우세요. 더 멀어지기 전에."

큐의 말에 나는 잠시 생각에 잠겼다. 최근 나는 아내와 다정한 대화를 나눠 본 적이 없다. 대화는 언제나 상호신뢰나 애정의 결핍을 드러냈고 결국은 한 쪽이 입을 다물거나 성질을 부리는 일로 끝나곤 했다. 이럴 때 기분은 참담하다.

"아내가 거절하면 어쩌지?"

"안 할 거예요."

큐는 확신에 찬 표정으로 말했다.

"좋아. 댄스 학원을 찾아가서 나 같은 사람도 왈츠를 출 수 있는지 알아보겠어. 서양 사람만 추는 거로 생각했거든. 또 뭐가 있지? 거꾸로 해 볼 일로 말이야."

"싫은 사람 좋아하기. 아니면, 좋은 사람 싫어하기로 할까요? 안 믿던 거 믿기는 어때요? 믿던 거 안 믿기는요?"

"뭐든지 거꾸로 하자는 거네, 정말."

큐가 말했다.

"방황하는 자가 되란 말을 이해할 수 있나요? 좋은 의미에서요."

"음… 자기 세계로부터 벗어나 보란 뜻 아닌가? 세상을 바로 보기 위해서?"

"네 맞아요. 세상에 거꾸로 된 일은 없어요. 다를 뿐이죠. 물고나무 선거지 거꾸로 선 게 아네요. 제대로 하기 위해서 거꾸로 해보고 비뚤어져 보는 거예요. 다른 걸 이해하기 위해서."

"골치 아프군. 아주 과격한 방법이야. 나이도 있고 체면도 있는데. 생각해 봐야겠어."

"제 말을 안 믿으면 당신을 찾아오지 않을 거예요."

"알았어. 알았어."

"수염이 멋지게 자라면 올게요."

큐는 숲속으로 사라졌다.

★

그날 이후로 나는 수염을 길렀다. 거꾸로 하라는 Q의 조언을 창의적(?)으로 받아들인 나는 〈아내 몰래〉 여러 곳의 댄스 교습소를 찾아다니며 춤을 배웠다. 춤은 남자가 여자보다 더 잘 추어야 한다는 말로 〈선제 댄스 교습〉을 합리화하면서. 대충 온갖 춤의 기본 동작을 습득했을

무렵 우연찮게도 방학3동 주민센터에 부부댄스교실 강
좌가 개설되었다. 직장 일에 바쁜 아내가 뜻밖에도 부부
댄스교실 등록에 동의했다. 우리 부부는 주민등록증을
함께 제시하고 수강 신청을 했다. 아내는 일이 바빠도 부
부댄스교실엔 꼭 참석했다. 젊어서부터 춤은 한번 배워
보고 싶었다고 털어놓았다. 우리 부부는 2년 후 광진구
에서 개최한 서울시 댄스경연대회에서 부부 단체팀으로
출전해 〈차차차〉 종목에서 동메달을 획득하였다.

대회 출전이 임박했을 때 우리 부부는 저녁마다 연습
을 위해 집을 비워야 했다. 내가 경증 치매와 노환으로
누워계신 어머니에게 이렇게 말했다.

―엄마. 어멈하고 춤추고 올게.

어머니는 언제나 똑같이 답하셨다.

―쳇. 다른 집은 계집이 춤바람 나서 난리법석인데 이
집은 어째 부부가 함께 춤바람이 났노!

딸애가 아이를 낳자 아내는 더 이상 부부댄스교실에
나갈 수가 없게 되었다. 공교롭게도 손주를 돌보는 일

로 못 나오게 된 부부가 셋이나 됐다. 방학동 〈부부댄스교실〉은 그 후 회원 정족수를 채우지 못해 문을 닫았다.

내 춤 실력을 알게 된 아내는 나의 춤바람을 별로 신경 쓰지 않았다. 나는 동네의 여러 댄스 교실을 순회하듯 돌아다니며 동네 아줌마와 할머니들하고 지르박 블루스 자이브 탱고 왈츠 룸바를 추었다. 3년쯤 지나자 춤도 시들해졌다. 춤 실력이 도통 늘지 않기 때문이었다. 방학 능선 입구에서 과수원과 텃밭을 하며 채소 과일을 좌판에 내놓고 파는 과수원 여주인이 둘레 길을 걸어가는 나를 보자 이렇게 소리쳤다.

─윤씨 아저씨. 요새 왜 댄스 교실 안 나와요?

하하. 지금은 더 이상 춤추러 다니지 않는다. 하지만 동네에서 제일 큰 노래방을 빌려놓고 댄스교실 회원들과 신나게 자이브와 블루스와 지르박을 추던 때가 그립다. 나는 이후엔 먼 바닷가와 낯선 포구와 섬 등지를 돌아다니며 소설을 쓰는 데 열중했다. 몇 년 후 나는 소설집 『거꾸로 가는 시간』을 출판했다.

춤꾼이 되려했던
사나이

〈지옥에서 보낸 한 철〉도 시간이 지나면 추억이 되고 마는가. IMF 시대를 겪으면서 〈이 또한 지나가리니〉란 말이 유행어가 되었다. 절체절명의 위기를 넘기자 내게 도 마음의 평안이 햇살처럼 찾아왔다.

도봉산의 방학 능선을 배회하며 나는 차츰 활력을 되찾는다. 백수가 됐지만 젊을 적 꿈인 소설가가 됐지 않은가. 〈잃어버린 시간을 찾아서〉의 마르셀처럼, 나는 모든 걸 좀먹고 파괴해버리는 시간의 힘을 거스르며 과거로 돌아가서 소설을 썼다. 젊을 적에 쓰고 싶었던 그 마음을 불러냈다. 오십 중반의 나이에 감성적 소설가, 사소설 작가란 별칭이 붙는다. 작품집 『모래남자』와 장편소설 『시인 노해길의 선물』을 출판한 후 나는 과거로부터 조금은 해방된 기분이 든다. 이젠 전혀 다른 소설을 써야지. 그러나 녹록치가 않다. 비전의 순간은 짧고 지리한 일상의 시간만이 지속될 뿐. 나는 다시 위기에 빠진다. 온갖 〈늙은이 병〉에 걸린다. 고혈압, 고지혈증, 전립선 비대증, 역류성 식도염, 백내장, 대장 용종, 경계 수치까지 상승한 당뇨. 그리고 우울증 초기 증세. 잠깐 맛본 우울증은 너무도 끔찍해서 나는 이 우울증만은 고쳐야겠다고 생각했다. 숲속을 헤매던 중 나는 불현듯 결심한다. 그렇다. 춤을 배우자. 쓸쓸하고 외로운 숲속에서 오랜 시간 혼자 지내다 보면 오히려 우울증이 깊어질 것만 같았다. 마침 신문에서 우울증 치료엔 춤이 최고다란 기사를 읽었던 터였다. 이후 나는 온통 〈춤의 세계〉에 빠진다. 나는 지금껏 경험해보지 못한 색다른 세상 이야기들과 만난다. 이 시절을 겪으면서 나는 단편 「카르멘과 춤을」과 장편 『헤밍웨이와 나』를 썼다.

춤을 배우고자 마음먹었지만 직장 다니는 아내에게 함께 춤을 배우잔 말은 차마 하지 못했다. 춤은 태생부터 비밀스런 구석이 많은 건 사실이다. 인터넷서 이것저것 알아보고 경험자에게서 주워듣고 나니 은근히 배짱이 생긴다. 한번 진짜로 해봐? 그래. 왈츠 같은 춤을 배워보는 거야. 나는 전문적인 댄스학원을 찾아 나섰다.

방학동에도 댄스 교습소는 있었지만 나는 춤 강좌가 여럿 개설돼 운영되고 있는 전문적인 댄스학원을 찾아가기로 마음먹었다. 나는 8~90년대 룸살롱과 카바레가 즐비했던 장안동을 생각해냈다. 춤꾼들의 메카란 이야기를 진즉에 들었었다. 아닌 게 아니라 전철역을 빠져나와서 주변 건물을 둘러보자 빌딩에 걸린 댄스학원 간판이 여러 곳 눈에 띈다. 옳거니. 여기다! 나는 빌딩에 돌출 간판을 내건 댄스학원을 찾아갔다. 학원 입구 쇼 윈도우에 진열된 여자 댄스복에 1백만 원이 훌쩍 넘는 가격표가 붙어 있는 걸 보고 잠깐 주눅이 들긴 했어도 나는 호기롭게 카운터로 가서 춤 강좌에 관해 이것저것 문의한다. 잠시 카운터에 나와 앉아 있어 보이는 말끔한 중년 남자가 마지못해 응대한다. 생초짜 같은 데도 이것저것 시건방진 투로 문의하는 나를 다소 무례할 정도로 빤히 쳐다본다. 인터넷에서 정보를 습득한 걸로 춤 좀 아는 것처럼 나불 (?)댔지만 곧 정체를 알아챈 그 남자가 웃으면서 다음과 같이 친절히 안내했다.

"왈츠 보단 우선 사교춤부터 배워보시죠."

"왈츠 초보자 교실이 있나요?"

"스텝이나 리듬 타는 걸 익힌 다음에 왈츠를 배우면 좋은데요."

"아뇨. 왈츠부터 배울 생각인데요."

"왈츠, 좋죠. 그러나 나중에. 쉬운 춤부터."

"아뇨. 왈츠를 배우고 싶어요."

그 남자는 왈츠 초급반은 수강생 부족으로 취소되었으니 사교춤부터 배울 것을 거듭 제안했다.

"자이브 같은 라틴 춤도 초보자가 배울만해요."

"아뇨. 왈츠를 배우고 싶어서요."

남자가 시간표가 떠 있는 컴퓨터 화면으로부터 눈을 떼고서 말없이 나를 바라본다. 딴 데 알아 보슈 하는 표정이다. 카운터로부터 돌아서서 교습소 문을 열고 복도로 나오는데 뒤통수가 따가웠다. 쪽 팔렸다는 생각에 서둘러 건물 밖으로 나가려는데 요란하게 화장한 멋진 여자들 서너 명이 엘리베이터에서 우르르 내린다. 나는 도망치듯 화장실로 들어가 이왕 내친김에 용변을 보았다. 변기 위에 앉아 있는데 두 남자가 들어와 소변을 보며 이야기를 나누는 소리가 들렸다. 목소리로 한 사람은 카운터에 앉아 있던 그 남자인 것을 알았다.

"좀 전에 그 남자 등록했어?"

"계속 왈츠 왈츠 했쌌데. 춤출 인간 같지 않더구먼. 사교부터 배우라고 하는데도 말이야."

"하하. 웃기네."

"그러게. 내 원 참."

변기 위에 앉아서 나는 속으로 중얼거렸다. 아무럼은 어떤가. 두 사람이 나가고 한참 후에 나는 화장실을 나왔다. 풀이 죽은 나는 결국 도봉구의 번화가인 창동에서 무도장 인근의 한 건물 지하에 있는 댄스 교습소를 발견한다. 어둑한 계단을 걸어 내려가는데 안에서 점심을 해 먹었는지 김치찌개 냄새가 났다. 안도감부터 생긴다. 나는 월 30만 원을 내고 주 3회 한 시간씩 사교춤 특별 지도를 받는다. 우선 지르박부터. 왈츠란 말은 입도 뻥긋하지 않았다. 하하. 지금은 간단해 보이는 그 초보적인 스텝들이 왜 그리도 낯설고 어려웠던지.

원장인 남자 선생과 여자 선생이 번갈아 가며 춤을 가르쳤다. 두 사람의 관계는 아직도 감이 잘 안 잡힌다. 신기하게도 두 선생은 남자와 여자 스텝을 모두 알고 있다. 스텝을 익히기가 내겐 어렵다. 솔직히 발놀림이 어눌한 건 선천적이다. 게다가 나는 정신적인 장애가 있는 것 같다. 긴장하면 잡념이 생긴다. 젊을 적 제식훈련 받으며 애를 먹었었다. 도무지 구령에 발맞추기가 힘들었다. 틀리면 잡념이 기승을 부렸다. 나는 고문관이란 별명을 듣곤 했다. 춤을 배우면서 비슷한 악몽이 재현되었다. 첫 스텝부터 헤맸다. 창피했다. 그러자 잡념이 떠올랐다. 내가 지금 뭐 하는 거지? 여긴 왜 와서 이 고생이람. 마누라가 보면 웃겠는걸. 스텝이 자꾸 틀리는 데다 집중 못하는 나를 여선생이 물끄러미 쳐다보았다. 내 얼굴에 무슨 표정이 떠올랐는가 보다. 교습생들이 웃었다.

"걱정 마세요. 처음엔 다 그래요."

한 여자 교습생이 의기소침해진 나를 응원해 주었다. 사십 대 후반의 가정주부인 것 같다. 화장을 짙게 했다. 그래선지 예뻐 보인다. 옷도 특이하게 입었다. 한편으론 좀 푼수 같다는 생각도 들었다. 그러나 그녀가 마음에 든다. 그녀가 추는 춤은 자이브나 룸바였다. 꽤 잘 춘다. 내가 〈카르멘〉을 만난 순간이었다.

지르박을 배운지 일 개월이 넘자 열 개의 스텝 정도는 연속해서 이어갈 수 있었다. 능숙한 건 아니지만 음악 한 곡이 끝날 때까지 춤을 출 수 있다. 원장이 격려하며 말했다. 춤은 누구나 잘 출 수 있다고. 단지 연습이 필요하고 시간이 걸릴 뿐이란다. 언젠간 그 〈왈츠〉도 출 수 있다고 말했다. 중도에 포기하지 말라고 했다. 기본을 아는 데만 일 년 이상 배워야 한다면서. 특히 왈츠까지 추려면 최소한 3년. 나는 원장의 진정성을 믿는다. 교습소 원장으로서 수강료가 더 중요하겠지만.

나와 같은 시간대에 나오는 교습생은 남녀 열 명이었다. 그들 중 네 명은 여자였다. 모두 오십 세 전후로 보였다. 소위 화장발 때문인지 모두 예뻐 보인다. 날씬한 몸매들은 아니지만. 이곳에선 여자들에게 이름이나 나이나 사는 동네나 그런 건 묻지 않는 게 불문율 같았다. 친절하게 함께 춤을 추면 그것으로 충분하다.

여섯 명의 남자들은 신분이 불분명하다. 젊은이도 있고 나와 같은 중늙은이도 있다. 노인에 가까운 남자도 있다. 칠십이 넘었다고 한다. 그 남자는 나처럼 사교춤 초보과정이다. 한 달 먼저 시작했다는데 진도는 비슷하다. 나이 탓으로 보였다. 시종 거울 앞에서 혼자 열심히 연습한다. 파트너의 회전을 유도하는 '오른손 들기'를 할 때면 웃음이 저절로 나온다. 허공에서 부드럽게 오므린 손가락을 보면 그 늙은 남자가 귀엽다는 생각이 든다.

"돈은 있는 영감인가 본데."

소파에서 쉬고 있던 한 남자 교습생이 말했다. 행색을 보고 한 말이었다.

"동네에서 춤 잘 추는 할머니가 기다리고 있데요."

여선생이 속삭이듯이 알려주었다. 동사무소가 운영하는 댄스교실에 나가기 위해 배우는 중이라고 했다. 애인으로 삼고 싶은 할머니가 춤을 잘 추기 때문에 저렇게 열심이란다. 꾸며낸 이야기 같기도 하다.

30대 초반의 남자는 자기를 나이트클럽의 웨이터라고 소개했다. 클럽 밖에서 자신을 웨이터라고 소개하는 배짱은 처음 보았다. 체면 같은 건 신경도 안 쓰는지 명함도 돌렸다. 운동선수처럼 체격이 건장하다. 자이브와 룸바를 배우는 중이다. 경동 시장에서 한약재 장사를 하는 사십 대 중반의 남자가 내게 친절하게 대했다. 눈썹이 길게 자라 있어서 사람들은 그를 눈썹사장이라고 불렀다. 없을 땐 그냥 눈썹이라고 불렀다. 나는 그를 '눈썹 휘날리고'로 부르고 싶다. 몸집이 큰데도 날렵하게 춤을 추기 때문이다. 자이브와 룸바를 열심히 배우고 있다. 보습학원의 원장도 있다. 나이는 사십 대 초반. 수학을 가르친다고 했다. 키가 작지만 날씬하고 단정한 외모이다. 교습생 중에선 춤을 제일 잘 춘다. 신고 있는 댄스화가 반질반질하게 광이 나 있다. 왈츠에 열심이다. 나는 그를 '왈츠 추는 파스칼'이라고 부르겠다. 소리 없이 나타나고 말없이 가버리는 남자가 있다. 나이는 사십 정도. 항상 양복 차림인 것으로 보아 직장인 같다. 구청 공무원이란 말도 들린다. 점심시간을 이용해서 춤을 배우는 것 같았다. 허겁지겁 나타났다간 어느 틈에 사라진다. 자이브를 배우는 초보다. 별명을 지어준다면 '로보캅'. 반듯한 인상에 얼굴에 각이 지고 머리를 짧게 깎아서 그렇게 보인다. 생각난 김에 나는 칠십 먹은 남자를 '오른손 들기'로, 나이트클럽 웨이터는 '명랑한 웨이터'란 별명을 지어주었다. 그리고, 나를 격려해준 그 여자. 나는 그녀를 카르멘이라 불렀다. 집시, 꽃향기 그리고 자유. 이게 그녀의 이미지다.

댄스학원은 남자 원장과 여선생이 공동 운영한다. 두 사람은 전문 댄서답게 호리호리하다. 남자 원장은 쉰 살이 넘어 보인다. 옛날 영화배우를 닮았다. 오래된 멋진 가구 같다고나 할까. 옛날 동네 사진관에 걸린 잘생긴 남자의 얼굴 같다. 반면 여선생은 모던하다. 날씬한 몸매와 입고 있는 드레스 때문인가 싶다. 나이는 사십 대 후반? 멋진 드레스를 입고 있다. 회전할 때 드레스가 회오리바람처럼 위로 솟아올랐다. 어떤 땐 바닷속 해초처럼 흔들렸다. 그 모양은 참 멋있다. 처음 보았을 때 눈물이 핑 돌았다. 왜 그랬는지 모르겠다. 멋지고 아름다운 걸 보면 순간 그랬다. 백수가 됐지만 소설은 어렵기만 하고… 우울증에 걸린 건지도.

삼 개월째가 되자 나는 교습생들과 친해졌고 특히 카르멘과 친해졌다. 그녀가 내게 말했다.

"왜 다른 춤은 안 배워요? 자이브나 룸바를 출 줄 알아야 무도장에 가서 놀죠."

카르멘은 지르박만 추워선 놀 수가 없다고 말했다. 논다는 표현이 처음엔 듣기에 거북했다. 나더러 자이브와 룸바를 당장 배우란다.

"카르멘은 그런 델 자주 가요?"

카르멘이 내 얼굴을 빤히 쳐다본다. 당연한 걸 묻는다는 표정이었다. 카르멘의 입술은 앵두처럼 빨갛고 눈동자는 긴 속눈썹 뒤에서 초롱초롱했다. 그녀가 정상적인 주부일까 하는 의구심이 들었다. 그녀는 정답고 귀엽다. 가까이 있을 땐 성적인 욕망 같은 게 생기지만 그녀를 유혹하기엔 왠지 자신이 없다. 비아그라 같은 약이 필요할 거란 걱정이 드는 게 사실이다.

"그럼요. 얼마나 재미있는데."

"왈츠도 춰요?"

"왈츠는 멋진 파트너가 있어야 해요. 아저씨 정도론 어림없어요."

카르멘이 깔깔 웃었다. 춤 실력이야 그렇다 치고 그녀가 나를 아저씨로 부르는 건 거북하고 서운하다.

"자이브를 배우면 무도장에 데려가 줄 거요?"

드디어 함정을 향해 한 발 내딛고 말았다. 카르멘이 생긋 웃었다. 오금이 저릴 정도다. 나는 곧바로 자이브 룸바 초급반에 등록했다.

카르멘과 춤추는 일이 아슬아슬한 곡예 같다. 즐겁지만 위태롭기 짝이 없다. 내 인생에 진짜 위기가 닥쳐 올 것만 같다. 레슨이 끝나면 카르멘과 둘이서, 때론 일행과 함께 근처 무도장엘 간다. 내겐 실습 시간이고 카르멘에겐, 그녀의 표현대로라면, 신나게 노는 시간이다. 무도장에선 주로 자이브 룸바 같은 스포츠 댄스를 춘다. 석 달 배운 실력 갖고는 상대를 리드해가며 춤출 수가 없다. 카르멘이 알아서 스텝을 이어가거나 회전해 주지 않는다면 나로선 음악 한 곡이 끝날 때까지 춤추기가 힘들다. 때문에 다른 여자와 춤출 땐 겁부터 난다. 그러면 박자를 놓친다. 상대의 얼굴에 짜증의 기색이라도 떠오르면 스텝이고 뭐고 다 잊어먹는다. 한 곡이 끝나기가 무섭게 상대는 벌써 다른 파트너에게로 가 있다. 카르멘 역시 나와 한두 번 춤추고 나면 다른 남자에게로 가버린다. 나는 벽쪽에 놓인 긴 의자에 앉아서 다른 남자와 춤을 추는 그녀의 모습을 지켜본다. 빠른 템포의 음악과 점멸하는 불빛은 카르멘을 흥분시키는 것 같다. 춤에 열광하는 집시 여자처럼. 붉은색에 흥분하는 투우처럼. 타고난 춤꾼. 바람기. 화냥기. 이런 말이 자꾸 떠올라 카르멘에게 미안하기도 하다. 카르멘은 어떤 여자일까 궁금해진다. 남편의 직업은 무엇이고 어떤 타입의 사람인지도. 아이들은 있는지. 엄마로서, 주부로서 할 일은 제대로 하고 있는 건지. 무엇 때문에 그토록 춤에 몰두하는 걸까. 그녀의 존재가 알쏭달쏭하다. 특이한 건 술을 전혀 입에 대지 못한다는 거다. 그나마 다행인 셈이다.

무도회장의 휴게실에서 음료수를 마시던 중 카르멘이 불쑥 말했다.

"내일 우리 관광 가요. 시간 낼 수 있어요?"

"관광? 시간은 있지만."

"인천 앞바다에 있는 섬이래요. 배 타고 간대요. 2만 원만 내면 관광버스에 점심 먹여주고 배도 공짜예요."

"무슨 그런 관광이 다 있지?"

카르멘을 따라나선 관광길에서 나는 별스런 세상을 경험했다. 흥미보단 짜증이 더 나는 관광이었다. 애초에 섞이지 않는 게 상책이다. 공짜가 다 그런 거지 하다가도 화가 치민다. 남의 꾀에 넘어갈 일로 가득한 세상이다. 카르멘의 특이한 일면도 목격했다. 그런 모습은 자동차 엔진을 식혀주는 냉각수처럼 카르멘에 대한 나의 열정을 조금 식혀주었다. 한발 물러서서 그녀를 관찰해 보게 만들었음으로. 카르멘이 대책 없어 보였다. 그녀가 자기 스스로 만든 삶의 함정 속에 빠져 허우적대고 있는 건 아닌지 모르겠다.

눈치를 보니 카르멘은 이런 종류의 관광을 여러 번 다녀 본 것 같다. 소위 '약장사 관광'이어서 한 번 경험하면 다시는 가고 싶지 않을 텐데도 말이다. 막상 관광의 목적지인 인천 팔미도로 가는 여객선을 탄 건 오후 3시였다. 그 전에 무려 네 곳의 '약장사'들을 방문했다. 때문에 관광버스가 돌아다닌 노선은 지그재그 구불구불 풀어헤친 실타래와 같다. 부정한 선거구 획정을 위한 게리맨더링 노선. 인천 연안부두에 약속이라도 한 듯 같은 시간에 맞춰 도착한 십여 대의 관광버스가 비슷비슷한 행색의 사람들을 우르르 토해냈다. 마침내 '약장사'들에게서 풀려난 사람들이다.

유람선이 지나가는 인천 앞바다의 풍광이 놀라웠다. 참으로 눈부신 변화이다. 영종도 신공항과 송도 신도시가 들어서고부터 인천은 거대한 항구도시가 되었다. 인천대교의 위용이 압도적이다. 그러나 난 풍광을 감상할 기회를 빼앗기고 만다. 선실 1층 무대에서 러시아 무용단과 중국 서커스단원의 춤과 묘기가 숨 가쁘게 펼쳐졌기 때문이다. 공연을 보기 위해 일찌감치 무대 앞자리를 차지한 카르멘의 곁으로 끌려갔기 때문이다. 늘씬한 키의 백러시아 여인들의 몸매가 선정적이다. 다리를 치켜들면 드레스 갈래 사이로 검은 팬티가 흘끗 보인다. 아니 의도적으로 보여주는 것 같다.

어쨌건 돌고 돌아서 온 길은 피곤했지만 6·25참전 미 해병대 유적지가 있는 팔미도는 아름답고 유서 깊은 작은 섬이었다. 100년이 넘은 고풍스러운 등대를 감상하고 섬 정상의 전망대에서 주변의 아름다운 서해바다를 구경한 후에야 잘 왔다는 생각이 들었다. 고진감래. 나는 카르멘과 함께 해풍에 멋있게 휘어진 소나무들이 늘어선 오솔길을 잠깐 걸었다. 군 시설이 있는 섬이라 산책로는 짧았다.

인천항으로 돌아오는 배에선 승객들의 춤 파티가 벌어졌다. 인천 앞바다를 구경하려던 계획이 또 깨졌다. 카르멘이 사람들과 어울려 춤추기를 원했기 때문이다. 맨정신으로 춤추기가 뭐해 나는 맥주 한 캔을 사서 마셨다. 카르멘 손에 붙들려 일층으로 내려가 지르박을 추었다. 춤을 추면서도 나는 수시로 선창 밖으로 시선을 보냈다. 인천대교 밑을 배가 통과하고 있었다. 거대한 화물선들이 여기저기 정박해 있는 게 보였다. 곧 연안부두에 닿을 것이라는 안내방송이 흘러나오자 춤판이 파장 났다.

서울로 돌아오는 버스 속에서 나는 눈을 감고 잠을 청했다. 옆자리에 앉은 카르멘은 누군가와 문자를 교환하느라 바쁘다. 그녀의 존재를 잠시 썰물처럼 밀어내고 나는 나 자신의 일들을 곰곰이 생각해 보았다. 현재 쓰고 있는 소설을 생각해 본다. 완성하기가 힘겹다. 멕시코만의 한 어촌에서 '바다와 노인'의 영감을 얻었던 소설가 헤밍웨이를 생각해 본다. 조만간 전남의 땅끝 마을 토말로의 긴 여행을 실행에 옮기기로 마음먹는다. 문자 교환이 끝났는지 핸드폰을 백 속에 집어넣은 카르멘이 비로소 의자에 등을 기대며 하품을 늘어지게 했다. 눈을 감고 잠을 청하는 내 코를 두 손가락으로 살짝 꼬집듯이 움켜쥐고 가볍게 흔들었다. 몸을 내게로 기울이자 부드러운 젖가슴이 팔뚝에 닿았다. 카르멘이 속삭였다.

"피곤한가 봐요. 오라버니."

오라버니란 호칭이 듣기가 좋다. 나는 그녀의 손을 잡아 다정하게 깍지를 꼈다. 그러나 서울에 도착하면 어떻게 해야 할지 미리 마음을 정한다. 저녁을 함께 먹은 후엔 곧바로 헤어져서 집으로 돌아가기로 마음먹는다. 집에 손님이 찾아왔다고 둘러댈 참이다. 피곤이 몰려온다. 눈을 감고 오늘 하루 일을 생각해 본다. 돈은 대체 얼마를 쓴 건지 계산해 보았다. 첫 번째 지출은 관광버스를 타고서 가이드에게 지불한 2인 관광요금 4만 원. 인천 연안부두에서 팔미도 행 유람선을 타기 전에 네 곳의 상품 판매장을 들를 것임을 가이드가 솔직히 털어놓았다. 점심을 먹는 한우고기 특설매장까지 포함해서. 이들 판매장들이 이번 관광여행의 스폰서라고 말했다. 안락한 관광버스와 공짜 점심과 팔미도 유람선 관광. 뱃삯만도 일 인당 회비인 2만 원을 훨씬 넘는다고 했다. 유머가 넘치는 여성 가이드가 마이크를 양손으로 잡고 힘주어 말했다.

"모두 이해하시는 거죠?"

"네에!"

좌석에 앉은 승객들이 이구동성으로 소리쳤다. 나 자신도 덩달아서 네 하고 대답했다. 뭘 이해한다는 걸까? 상대방의 속셈을 잘 알고 있고 닥쳐올 상황에도 대처할 각오가 돼 있다는 뜻? 방법도 이미 알고 있고. 이런 관광이 처음인 내겐 호기심이 더 컸다. 적어도 그곳 〈약장사 판매장〉에 도착하기 전까진.

사전 계획된 판매장 앞에 관광버스를 주차시키고 승

객들을 하차시키면 가이드의 역할은 끝이었다. 양 떼를 우리 안으로 몰아넣듯이 길목을 지키고 서 있으면 된다. 다음은 판매장의 경험 많은 종업원들이 맡아서 했다. 우선 소위 웰빙 강좌부터 들어야 한다. 건강에 유익한 내용이고 재미도 있다. 그러나 웃고 박수치며 듣다가 올가미에 걸려든다. 열렬한 강의가 끝나면 각본대로 상품 판매 작전이 전개된다. 대부분은 악착같이 버틴다. 이윽고 판매원의 집요한 설득에 넘어가는 사람이 하나둘 생긴다. 집 주소와 전화번호를 적는 사람이 여기저기 눈에 띈다. 이골이 난 사람들은 끝까지 잘 버틴다. 이들은 판매원의 공략 대상에서 제외다. 닳고 닳았으므로. 이런 관광에 처음 왔거나 눈빛이 흔들리는 사람들이 주 타깃이다. 처음이지만 나는 비교적 초연한 마음으로 이 모든 광경을 지켜본다. 난 소설가니까 구경만 할 거야. 판매원이 선뜻 내게 달려들지 못하는 건 내 이런 표정 때문일 것이다. 나는 전개되는 광경을 보면서 먹고 사는 일이 이토록 치열한 것에 전율마저 느꼈다. 나는 보들레르의 시구절을 주문처럼 중얼거린다.

'내 동포여, 내 형제여, 사기꾼이여!'

이 구절은 언제나 내 마음을 다부지게 만들어준다. 나는 초연하게 잘 버텼다. 문제는 카르멘이었다. 그녀는 남의 꼬임에 쉽게 넘어가는 마음 여린 사람 같았다. 아니면 구매 충동을 이겨내지 못하는 쇼핑중독증 환자던가. 아니면 무슨 다른 의도를 갖고서 나를 이번 관광 여행길에 끌어들였거나. 나는 건강식품 매장과 옥제품 전시장과 아울렛 스포츠의류 매장과 한우 소고기 특설매장에서 40만 원 상당의 상품대금을 대신 지불해 주었다. 나는 신용카드로 지불했다. 액수가 큰 건강식품은 5개월 할부로 지불했다. 이 정도는 한 번 정도라면 감수할 수 있다. 빌어먹을. 예전보다 더 살갑게 대하는 카르멘이 여전히 귀여웠지만 나는 몹시 지친 마음이 들었다. 도봉산 방학 능선의 그 숲속으로 되돌아가고 싶은 마음이 간절했다. 파산할 뻔한 일이 엊그제 같은데 어쩌다 이런 유혹에 또 빠져들었는지 모르겠다. 단호한 결심만이 해결책이었다.

그러나, 이 경험을 토대로 쓴 단편소설 「카르멘과 춤

을」속에서 나는 정반대로 썼다. "이 세상 어수룩한 것들을 사랑하기 위해 카르멘과 계속 춤을 추겠다"라고. 현실 속의 나는 어땠는가. 다음날부터 댄스 교습소를 나가지 않았다. 어떤 연락에도 답하지 않았다. 나는 한동안 춤과 완전히 담을 쌓고 지낸다. 금단현상처럼 춤추고 싶은 마음이 간절해지고 몸이 근질거리기 시작했다. 춤바람의 초기 증세가 나타나기 시작할 무렵 낭보가 들린다. 방학3동 주민센터에 부부댄스교실이 개설된다는 안내가 주민 소식지에 실린 것이다. 나의 〈사전 춤바람〉이 가정의 화목을 증진시키는 데 크게 기여한다. 춤은 남자가 여자 파트너보단 실력이 한 수 위여야 한다는 말이 있다. 나로선 적어도 선행학습 차원에선 아내보다 한 수 위였다. 그러나 본 수업이 시작되자 춤 실력은 곧바로 역전되고 만다.

2시간 부부 댄스 강습이 끝나면 춤 강사가 꼭 다음과 같이 당부해서 모두들 웃음을 터뜨렸다. "집에선 절대 연습하지 마세요!"

집에서 연습하다 부부싸움하고 안 나오는 부부가 많다고 한다. 아닌 게 아니라 거실에서 연습하던 중 내가 스텝이 자꾸 틀리는 데다 고집을 부리니까 아내가 내 손을 휙 뿌리치더니 방으로 들어가 그냥 자버린다. 하하.

방학동
뻐꾸기 형님

- 16년 전 83세로 돌아가신 아버지를 추억하며

이 글이 혹시 아버지를 욕되게 하는 건 아닐까 봐 걱정된다. 아버지는 칠십이 넘은 나이에 친척 동생들 한데서 〈뻐꾸기 형님〉이란 별명을 얻었다. 바로 당신의 아들인 나의 고자질(?) 때문이었다. 명절날이면 친척들이 몰려 앉은 술상에서 동생뻘 아저씨들은 습관처럼 제일 큰 형님인 아버지의 젊을 적의 핑크빛 과거지사를 끄집어내서 놀려대곤 했는데 술상 앞에 앉아 있던 내가 우연히 알게 된 한 가지 비밀을 별생각 없이 추가(?)했던 것이다. 이상하게도 어머니는 친척 아저씨들이 형수님을 위로한 답시고 아버지의 그(?) 흉을 볼 때는 마치 추억을 회상이나 하는 듯 함께 웃으시며 즐거운 표정을 지으셨다. 내가 별생각 없이 그 〈에피소드〉를 폭로하게 된 배경이다. 그러자 둘러앉았던 친척들은 일제히 웃음을 터뜨렸고 어머니는 "아이구! 이 늙은 영감탱이가 아직도." 하고 혀를 끌끌 차셨다. 이 뻐꾸기 사연은 잠깐 후에 소개하겠다. 사실 나는 아버지를 사랑하거나 존경하진 못했다. 그러나 아버지를 싫어하지는 않았다. 사람들은 아버지를 착하고 인정 많고 온화한 사람으로 생각했다. "저 양반은 밖에서나 저러지." 남들이 아버지를 칭찬하면 어머니가 늘 하시던 말이었다. 친척들이 파평 윤씨 가문을 양반이라고 추켜세우면 혼잣말처럼 "흥. 양반이면 뭐하누?" 하셨다. 어머니에겐 아버지는 어떤 남자, 어떤 사람이었을까? 아버지가 갑자기 병을 얻어 83세로 돌아가셨을 때 나는 아버지를 추억하며 중편 「모래남자」를 썼고 그 후 십년이 지나 어머니가 낙상과 치매로 방안에 누워 계시게 되자 나는 단편 「엄마의 시간은 거꾸로 갔다」를 썼다. 내가 「모래남자」에서 묘사한 아버지는 실재보단 더 사려 깊고 인정 많은 남자로 그려진 감이 없지 않다. 그 글을 읽었던 친구가 "이거 다큐(실화)야? 꽤 멋진 분인데." 했던 기억이 난다. 치매에 걸린 어머니를 그린 단편 「엄마의 시간은 거꾸로 갔다」의 첫 부분을 소개하는 것으로 두 분의 이야기를 시작해볼까 한다.

★ ———

엄마의 시간은 거꾸로 갔다. 평생 엄마와 함께 사는 나의 시간도 덩달아 거꾸로 갔다.

꿈 이야기부터 해야겠다. 새벽에 일어나 소파 위에 누워 선잠을 자다 꾼 꿈이었다. 십오 년 전에 83세의 나이로 돌아간 아버지가 멋진 중년 남자의 모습으로 나타났다. 짙은 보라색 양복에 노란색 넥타이를 매고 중절모를 쓴 아버지는 사십 대쯤으로 보였다. 한창 바람피울 때의 모습이었다. 아버지가 말없이 미소 지으며 다가와선 내 곁에 나란히 섰다. 그러곤 함께 산 아래를 바라보았다. 산길을 올라오는 엄마가 보였다. 엄마도 사십 대 여자의 얼굴이었다. 언젠가 사진첩에서 보았던 모습이었다. 한복을 차려 입은 엄마는 길섶에 핀 꽃들과 신록에 넋을 팔며 느릿느릿 산길을 걸어 올라왔다. 엄마의 모습을 보고 있는데 영화 속의 배경음악처럼 노래가 들려왔다. 이미자의 노래였나? 목소리만 듣고도 아득한 옛날로 되돌아간 듯했다.

'옛날에 이 길은 새색시 적에
　서방님 따라서 나들이 가던 길'

　그러나 산길을 다 올라온 엄마는 내 곁에 서있는 아
버지에겐 눈길도 주지 않고 제법 물살이 센 개울 위에
걸쳐 있는 구름다리 위로 올라섰다. 개울 건너편에 집
이 있었다. 방안에 아내와 누이들이 둘러앉아 이야기
꽃을 피우고 있는 모습이 보였다. 잔치가 벌어졌는지
큰 상이 차려져 있었다. 순간, 구름다리의 발판이 하
나둘씩 무너져 내리고 엄마가 다리 위에서 휘청거렸
다. 엄마는 난간을 붙들고서 떨어지지 않으려고 안간
힘을 쓴다. 내가 급히 달려가 엄마를 들춰업었다. 맑
은 물이 흐르던 개울물은 어느새 황토색의 급류로 변
해 있었다. 구름다리 위에서 엄마를 업은 채로 비틀대
며 안간힘을 쓰는데 등에 업힌 엄마는 부득부득 식구
들이 모여 있는 집 쪽으로 건너가자고 보챈다. 엄마를
업고서 버둥거리다 잠에서 깼다.

　그날 아침 나는 꿈속에서 들었던 이미자의 노래를
입에 달고 지냈다. 가사의 맨 앞 소절만 되풀이해서
흥얼거렸다. 인기 있던 TV 연속극의 주제가여서 곡조
는 익숙했다. 소리를 내어 노래 부르다 울컥했다. 연

속극 속의 가련한 여주인공의 모습과 엄마의 모습이 겹쳐 보였기 때문이었다. 출근 준비로 바쁜 아내는 방에서 나와 보지도 않는다. 보통 때처럼 나는 아내가 식탁 위에 차려놓은 아침을 혼자서 먹었다. 밥을 먹으면서도 나는 노래를 흥얼거렸다. 식기를 싱크대에서 씻으면서 노래를 흥얼거렸다. 베란다로 나가 빨래 거치대에서 마른 수건 등을 걷어오면서 노래의 앞 소절을 반복해서 흥얼거렸다.

방안에서 화장을 하고 있던 아내가 큰 소리로 물었다.

"아침부터 그 옛날 노랜 왜 부르고 난리래요?"

그래서 아내에게 꿈 이야기를 들려주었다. 이야기를 듣고서 아내가 말했다.

"어머닌 꿈속에서 아버님을 따라가시지 않았으니 한동안 안 돌아가실 거예요. 아직도 아버님이 미우신가 보네. 따라가지 않으신 걸 보니."

아내는 딱하다는 듯, 우습다는 듯 작은 웃음소리를 냈다. 엄마가 평생 당신 말고 다른 여자를 더 좋아했던 아버지의 곁으로 가지 않으려고 저렇게 안간힘을 쓰고 있는 거로 생각하는 모양이었다. 하긴, 나로서도 엄마가 돌아가면 아버지와 합장을 해드려야 하나 신경이 쓰일 정도였으니. 무덤 속에 나란히 누워서도

두 양반이 서로 미워하고 다투면 어쩌나 싶은 생각이
드는 것이다.

★——

우리 집이 경기도 과천에서 도봉구 방학동으로 이사
온 해는 1985년이었고 당시 나는 88서울올림픽대회조직
위원회에 근무하면서 곧 있을 86아시안게임을 준비하느
라 몹시 바쁘던 때였다. 나의 업무는 참가국의 NOC(국
가올림픽위원회)로부터 아시안게임과 서울올림픽에 참
가하는 각국의 선수와 임원들의 참가신청서를 받고 그
자격을 심사하는 일이었다. 뮌헨 올림픽 때 선수촌 테러
가 발생했고 그 후 LA 올림픽이 반쪽으로 치러진 것 때문
에 대회 전망이 아슬아슬하던 때였다. 더욱이 국교 정상
화가 안 된 중공(중국인민공화국)이 86아시안게임에 참
가할지가 두 대회의 성패를 가르는 초미의 관심사였다.
분위기가 그렇다 보니 야근은 일상사였고 업무가 끝나면
술을 마시고 자정 넘어서 귀가하는 일이 보통이었다. 과
천까지 소위 총알택시를 타고 귀가하던 때가 떠오른다.
도봉구 방학동으로 이사 오고부턴 송파구 방이동까지 지

독한 교통체증을 뚫고 소위 자가용(?)을 몰고 출근하거나, 또는 숙취에 쩌들은 채 지하철을 타고 출퇴근했으니 나는 그야말로 곤죽이 돼 있었다. 〈이래선 안 되겠다. 몸뚱이를 보존하기 위해서라도 아침 새벽에 일어나 운동을 해야겠다〉 아시안게임이 끝나자 나는 매일 새벽 약수를 뜨러 산에 가시는 아버지에게 "저 좀 데려가 주세요." 했다. 아버지는 잠시 머뭇하시더니 마지못해 동의하셨다.

"그럼 새벽 4시 반에 일어나거라."

나는 당분간 퇴근 후 술자리에 참석지 않고 곧바로 귀가하기로 결심한다.

당시 아버지는 시내에 있는 한 작은 교회의 장로였는데 북한산/도봉산 산기슭 아래로 이사 오고부턴 평일엔 완전히 〈산사람〉이 되었다. 어머니가 매일 같이 푸념하셨다.

"아니 저 영감은 이 동네로 이사 오고부턴 수요 예배도 안 나가고 성경책은 아예 들여다보지도 않네."

도봉산을 몹시도 좋아하신 아버지는 종일 산에서 살다시피 하셨다. 30여 년 전이니 국립공원 관리가 심하지 않아 동네 노인들은 산속에 움막 같은 아지트를 만들어 놓고 고스톱도 치고 음식을 해 먹고 그랬다. 직접 보진 못했어도 동네 할머니 할아버지들이 잔뜩 모여 있었을 것으로 짐작된다. 아버지는 일요일에만 교회 장로였고 평일엔 산채山寨의 우두머리급으로 급변모하셨다. 술을 좋아하신 데다 낙천적이고 유쾌한 성격이어서 평일 날 집에 가만히 있는 걸 동네 늙은이들이 내버려 두지 않는다고 어머니가 한탄하셨다. 건강하셨던 아버지는 다음 날 새벽이면 어김없이 커다란 물통을 매고 산 중턱까지 올라가서 약수를 떠 오셨다.

처음으로 아버지를 따라 약수터로 오르는 날이었다. 11월이 다가오자 새벽 4시 반은 캄캄했고 산 밑이라서 새벽 공기는 쌀쌀했다. 내가 따라나선 첫날 아버지는 큰 물통이 담긴 배낭을 지고 성큼성큼 앞장서 걸어가셨고 나는 먼발치서 부지런히 아버지를 따라갔다.

"무슨 노친네 발걸음이 저리도 빠른가."

한데 앞서가던 아버지가 산으로 향하는 길에서 벗어나더니 산기슭 바로 아래에 위치한 ㄱ자 모양의 소형 아파트 단지 쪽으로 걸어가신다. 이리론 왜? 나는 뒤에 선 채로 아버지를 지켜본다. 아파트 정문 앞에 검은 그림자로 우뚝 선 아버지가 잠시 기다리는 듯하더니 새벽 짙은 어둠 속의 한 아파트 동을 향해 뻐꾸기 소리를 내는 게 아닌가.

"뻐꾹! 뻐꾹! 뻐꾹!"

10초쯤 지났을까. 멀리 어둠 속에서 8, 9층 정도 높이의 아파트 창에서 형광등이 깜빡깜빡하며 켜지는 것이 보였다. 아, 약수터 동행을 깨운 것이구나. 얼마 후 아파트 동의 문을 열고 나오는 사람이 보였다. 빵떡모자를 눌러쓰고 작은

배낭을 진 한눈에도 작은 몸매의 할머니(?)였다. 아버지는 기다리지 않고 돌아서서 산길로 향해 잰걸음으로 걸어가신다. 당신이 할 일은 단지 깨우는 일일 뿐이란 듯이. 아파트동에서 나온 그 분은 부지런히 아버지 뒤를 따라갔다. 옆으로 비켜서 있던 나는 이번엔 그 여자분의 뒤를 따라가야 하는 형국이 되었다. 나는 일부러 먼 거리를 두고서 뒤따라갔다. 여명이 트려는 새벽의 어둠 속 산길을 아버지와 그 여자분이 나란히 걸어 올라가는 걸 보았다. 아버지의 과거지사를 잘 알고 있는 나는 어이없는 웃음이 나왔다. 참 못 말리는 분이군. 사람과 잘 어울리지를 못해 노인정도 안 나가고 외출도 잘 안 하시는 어머니가 생각났다.

'칠십 넘은 노인인데 저런 재미라도 있으면 좋은 건가?' 내겐 이런 생각도 들었다. 다음날부터 나는 아버지를 따라나서지 않고 혼자서 산을 올랐다. 그래서 그 여자분의 얼굴은 보지 못했다. 며칠 안 돼 나는 예전의 나로 되돌아갔고 새벽 등산도 그만두었다. 아버지가 새벽 어둠 속을 향해 손가락으로 입술을 모으고 세차게 불었던 그 뻐꾸기 소리만은 귓가에 쟁쟁하게 남았다. 일이 년쯤 후의 설날이었다. 99세 할머니가 살고 계시는 작은아버지 댁에 세배하러 모인 많은 친척들이 와자지껄한 술상 앞에서 내가 이 뻐꾸기 비밀을 털어놓았던 것이다. 이후로 친척 아저씨들은 술자리에선 늘 아버지를 〈뻐꾸기 형님〉으로 부르며 놀려 댔다. 어머니가 함께 즐겁게 웃으셨던 게 지금 생각하면 고맙고도 눈물겹다.

그로부터 몇 년 후 IMF 사태가 터지고 우리 가정에 먹구름이 잔뜩 끼었다. 아들의 느닷없는 직장 명퇴와 함께 보증 채무로 집이 날아갈 절체절명의 위기가 찾아왔다. 위기를 온몸으로 맞으셨던 아버지의 스트레스는 상상을 초월한 것이었으리라. 아버지가 덜컥 급성 위암에 걸리셨다. 어느 날 큰 물통을 지고 들어오시다 현관문 앞에서 털썩 주저앉으셨다. 마지막 힘까지 모두 소진해 버린 것이다. 부랴부랴 병원엘 가니 벌써 위암 말기였다. 위 내시경을 의사와 함께 들여다본 나는 기절초풍했다. 아니 저럴 수가. 인간의 위가 저런 모양이 되다니. 석회암

동굴과 똑같았다.

"나 이제 죽는다."

병실에서 세운 침대에 등을 기대고 앉은 아버지가 창밖의 신록을 바라보며 힘없이 입을 열었다. 아버지는 옛날에 어느 점쟁이가 83세까지 장수할 거라고 했는데 이 말을 철석같이 믿고 계신 듯했다. 그 해가 바로 아버지가 83세가 된 해였다.

"지금이 유월이냐?"

"네."

"살기 좋은 때인데. 죽기에도 좋은 때일까?"

"……"

이 말을 끝으로 아버지는 더 이상 말이 없으셨고 곧 의식을 잃으셨다. 하룻밤 사이에 암세포가 뇌까지 전이됐다고 의사가 말했다. 아버지는 고통을 느낄 사이도 없이 며칠 후 돌아가셨다.

장례를 치른 지 얼마 안 돼서 낮에 전화가 자주 걸려 와 받으면 아무 말 없이 끊어버려 짜증 난다고 어머니가 말씀하셨다. 아버지가 돌아간 걸 모르는 사람이 많은가

보다 하신다. 하긴 갑작스레 돌아갔으니. 우린 동네 분 한텐 연락도 못 했고. 그러시더니 "혹시 뻐꾸기인지 뭔지 그 할망구가 전화하는 거 아니냐?" 하신다.

다음은 나중에 어머니에게서 들은 이야기이다. 어느 날 전화가 걸려 오고 어머니가 전화를 받자 또 아무 말 없이 끊는다. 다시 전화가 걸려 왔다. 수화기를 들자 또 아무 말 없이 끊는다. 아버지가 전화 받을 때까지 계속 전화하고 있는 것임을 눈치채셨다. 잠시 후 다시 전화가 걸려 왔다. 이번엔 어머니도 긴장했다.

"여보세요."

"……."

"전화를 했으면 말을 해야지요."

여자분이 기어들어가는 듯한 목소리로 물었다.

"저…… 할아버지 계세요?"

이번엔 어머니가 잠깐 대답을 못 하셨다. 이윽고 어머니가 말했다.

"할아버지 며칠 전에 돌아가셨어요."

순간, 헉하는 작은 소리가 들리더니 상대는 얼어붙은 듯 전화도 끊지 못하고 침묵한다. 얼마 후 아무 말 없이 전화가 끊겼다고 한다.

"그 할망구, 애인이 죽은 지도 몰랐나 보네."

몇 년이 지났다. 어이없는 낙상으로 고관절이 부러지고 치매마저 걸리신 어머니. 그러기 바로 전 해에 어머니는 천안공원 묘원에 있는 아버지 산소에서 처음으로 소주잔을 올리셨다. 산소 앞엔 〈장로 윤 아무개의 묘〉란 비석이 서 있다. 평소 우리는 성경을 읽고 찬송가를 불렀었다.

"평생 내 속을 썩였지만 오늘은 내 술 한 잔 바치리다."

어머니가 돌아가시자 나는 마음 편하게 아버지 곁에 합장해 드렸다.

방학능선 쉼터에서
만난 〈박사모〉 할머니

과천에서 살 때도 아버지는 관악산을 수시로 올라 다
니시며 지내셨다. 그러나 북한산/도봉산 아래 동네로 이
사 오고 나선 아버지는 아예 종일 산에서 살다시피 하셨
다. 앞에서도 언급했지만 당시는 국립공원 관리가 심하
지 않아 동네 노인들이 산속에 움막을 만들어 놓고 온갖
음식을 해 먹고 고스톱도 치고 그랬다. 나의 아버지는
교회 장로였는데도 교회는 일요일에만 가고 평일엔 이
런 산채山寨 생활에 탐닉하셨다. 이때는 김대중 정권으
로 바뀌기 전후의 시기로 극우 노인들의 좌파 정권에 대
한 증오감이 극에 달했었다. 하루 종일 산에서 노인들과
학습(?) 토론하고 집에 들어오신 아버지는 완전 극우 사

상으로 이론 무장돼 계셨다. 식탁에서 아들과 정치 논쟁을 벌이기 일쑤였다. 한번은 아버지가 내 주장에 분을 참지 못해 숟가락을 내던지고 벌떡 일어나 집 밖으로 뛰쳐나가신 적도 있었다. 이후 밥상에서 정치 이야기로 다툴라치면 어머니가 냅다 소리치셨다.

"시끄러워요! 육이오 때 형제지간에 좌다 우다 쌈질하고 죽이고 그러는 건 봤어도 부자지간에 쌈질하는 건 또 처음 보네!"

세월이 흘러 아버지와 어머니께서 돌아가시고 이젠 내가 늙은이가 되어 북한산/도봉산 둘레길이며 숲속 길을 매일 같이 돌아다닌다. 나는 아버지가 생전에 즐겨 다니시던 〈방학 능선〉 길을 특히 좋아해서 자주 이쪽으로 방향을 틀곤 했다. 날씨 좋은 날엔 전망 좋은 곳의 쉼터에 앉아 하얀 햇살을 조명 삼아 한두 시간씩 신문이나 책을 읽곤 했다. 분명 아버지도 이곳 쉼터에 앉아서 동네분들과 즐겁게 이야기를 나누며 한가로운 시간을 보냈을 것이다. 이곳 쉼터엔 작은 화단도 만들어져 있고 또 누가 갖고 올라왔는지 플라스틱 의자들이 서너 개 군데군데 놓여 있어서 등산복 차림으로 올라오는 등산객은 물론 동네 노인들도 이곳에 옹기종기 앉아서 전망을 감상하기도 하고 이야기꽃을 피우다가 내려갔다.

어느 날 한 젊은(?) 할머니가 올라왔다. 화장발이지만 얼굴이 예뻤다. 그녀는 신문이나 책을 읽고 있는 내게 먼저 말을 걸고 귤이며 볶은 콩 같은 걸 주어서 친해졌다. 핸드폰 초기 화면에 저장된 손녀와 손자 사진을 보여주기도 했다. 수시로 딸에게 전화를 걸어 김치 담그는 일이며 함께 장보러 갈 약속을 하는 등 다정하게 이야기하는 걸 나는 흥미롭게 엿들었다. 내 경우도 결혼한 딸애가 출산을 해서 아내가 딸네 집에 며칠씩 가 있었기 때문에 통화 내용에 자연 친근감이 들었다.

일 년 내내 박근혜 정부의 불통과 인사 문제 등으로 여야 간의 대립이 극심하더니 급기야 최순실 국정농단 사태가 터졌다. 이곳 아름다운 능선에서도 온통 시국에 관한 이야기뿐이었다. 워낙 최순실이 미움을 받다 보니 소위 좌파 우파 진보 보수가 따로 없었다. 한데, 누가 박근혜 대통령을 비난하자 그녀의 반응이 심상치 않게 터져나왔다. 오 맙소사. 이후는 우리 모두가 잘 아는 지겨울 정도의 막무가내식 자기주장들! 두 편으로 갈라져 말싸움을 벌이다 서로에게 만정이 떨어질 즈음 그녀는 육영수 여사의 비극적인 죽음을 떠올리며 울먹인다. 내가 물었다. "아무리 불쌍해도 잘못하는 건 잘못한다고 비판할 수 있잖아요." 내 말에 그녀가 말했다. "다 모함이고 음모예요. 불쌍해 죽겠어요!" 나는 두 손을 들고 말았다. 이후부터 나는 그 능선 길은 잘 올라가지 않았다. 그녀가 당시 시청 앞과 광화문에서 열리던 태극기 집회에 참가하는 〈박사모〉 회원인 건 확인하지 못했다.

대통령 탄핵이 국회에서 가결되고 헌재의 재판이 한창 진행되던 때, 사업으로 돈 잘 버는 대학동창이 해외 출장 중 미국 소설가 헤밍웨이가 즐겨 마셨다는 〈마고〉 와인을 구했다며 강남에 있는 한 호텔의 이탈리아 식당에서 저녁을 샀다. 학창시절 단짝이었던 윤 아무개가 늦은 나이에 소설가가 되더니 두 번째 소설집을 냈으니 축하해주고 싶다면서 몇 명의 동창도 불러 모았다. 남자 넷 여자 둘 모두 여섯 명의 동창이 참석했다. 〈내 돈 내곤 절대 사먹지 않을〉 값비싼 와인을 아낌없이 마셨다. 마침 박근혜 대통령과 S여고 같은 반 동창이었던 여학생 K가 오랜만에 참석해서 아주 흥미로운 만찬 식탁이 되었다. 대통령이 된 후 만난 적이 있느냐고 물었더니 "가족들도 안 만나는데 동창을 만나겠어요?" 한다. 어째 표정이 떨떠름하다. 자연 대화는 대통령 탄핵 이야기로 옮겨

가고 결국 분위기가 험악해지기 시작했다. 대구가 고향인 한 동창과 나와의 대화가 위험 수위를 넘나들었기 때문이었다. 호스트가 서둘러 대화를 차단하고 화제를 돌렸다. 학창 시절 나와 단짝이었던 그 친구는 내가 대학 2학년 때 편입해 온 한 여학생을 짝사랑하느라 가슴앓이하며 술 먹고 질질 짜던 일이며 유치한 시를 써서 바친 일, 그러다 갑자기 휴학하고 잠적한 일 등의 이야기를 꺼냈다. 지리산 쌍계사에 들어가 중이 되려 했던 이야기까지. 그 녀석만 알고 있던 이야기마저 털어놓자 나는 부끄러움에 얼굴이 벌게졌다. 왜냐하면 여학생 K가 지금도 내가 짝사랑했던 그 여학생과 가깝게 지낸다는 걸 알고 있기 때문이었다. 여학생 K가 물었다. 내가 어느 날 어눌 어눌 수줍어하며 사랑을 한 번 고백하는 것 같더니 갑자기 휴학하고 잠적해버려서 그 여학생은 지금까지도 그 이유를 몹시 궁금해한다는 것이다. 45년 전의 그 일은 그녀에겐 인생 일대의 수수께끼란다. 대체 무슨 일이 있었던 거지? 하면서. 내가 나중에 소설가가 됐던 이야기를 전해 들었을 땐 사방팔방 책방이며 인터넷을 뒤져 내가 쓴 책을 모조리 구해서 읽어 봤단다. 혹시나 단서를 찾을 수 있을까 해서. 그러나 첫사랑에 대한 묘사는 단 한 줄도 없고 자기란 존재는 어디에도 묘사된 바 없으며 맨 날 엉뚱한 여자와 바람피우는 이야기만 난무. 그런데도 동창들은 윤 아무개의 첫사랑은 자기이고 자기 때문에 생가슴 앓이 하느라 학업도 전파하고 세상을 떠돌아다녔다고들 말하니, 대체 뭔 사연이었는지 45년이 지난 지금도 수수께끼란다. 여학생 K가 다시 물었다.

"왜 갑자기 사라졌어요?"

나는 지금 생각해 보면 유치하기 짝이 없는 그 에피소드를 떠올렸지만 이 일은 창피해서 죽을 때까지 아무에게도 말하지 않겠다고 다짐한 바 있었다. 당사자도 전혀 감을 못 잡고 있지 않은가. 그래서 나는 다음과 같이 에둘러 말했다.

"그땐 열등의식이 하도 심해서 별일도 아닌 일에 혼자 염병 떨다 제풀에 나가떨어져 버린 거지 뭐."

다들 눈을 말똥거리며 대체 뭔 일인지 궁금해 죽겠다

며 45년이 지난 일인데 그냥 털어놔 봐 하고 다그친다. 여학생 K도 잔뜩 기대에 찬 눈으로 나를 지켜본다. 그러나 나는 악착같이 입을 다물었다. 내 표정이 비장해서인지 여학생 K나 동창들은 더 이상 다그쳐 묻지 않는다. 대신 자기들끼리 이렇게 말하며 킥킥거린다.

"둘이 한 번 만나게 해주는 게 어때?"

"꺼진 불도 다시 보자!"

부러움 반 질투 반 동창들은 〈대리 불륜〉을 꿈꾸며 미팅을 부추긴다. 여학생 K는 미소만 짓는다. 내 첫사랑 그녀는 강남 아줌마였고 분당으로 이사 가더니 병원 의사인 남편이 은퇴하자 용인에 단독주택을 지어서 살고 있단다. 등산을 좋아하지만 내가 사는 동네의 북한산 도봉산까진 안 올 걸요 한다. 나는 속으로 생각해 보았다. 키스나 뭐 그런 걸 한 적이 없는데 젊을 적 가슴앓이 한번 몹시 했다고 그걸 사랑이었다고 할 수 있을까? 하지만 녀석들 말대로 꺼진 불이지만 한번 불어 봐? 한데 만나도 걱정이군. 요새 전립선 비대증 치료를 받거들랑. 제기.

으흐. 그래도 만나서 대화라도 나눠볼까. 대학생 시절의 나풀나풀 나긋나긋하던 그녀의 모습을 떠올리자 가슴이 두근거리고 오금이 저려온다. 때아닌 그리움마저도. 식탁 맞은편에 앉은 여학생 K가 스마트폰을 꺼내더니 메시지들을 검색해 본다. 나는 카톡에 올라 있을 그녀의 프로필 사진을 보여 달라고 말하고 싶었지만 참았다. 안보는 게 나을지도. 여학생 K도 망설이는 걸까. 그러더니 어떤 한 메시지를 선택하여 화면에 떠올리더니 스마트폰을 들어서 내게 보여준다.

"걔가 요즘 전달해주는 SNS 메시지예요."

식탁 맞은편이지만 화면 사진과 제목을 흘끗 보는 순간 나는 몹시 당황했다. 내가 눈을 휘둥그렇게 뜨고 물었다.

"박사모?"

"그 정도까진 아니고."

"그럼?"

"꽤 우파."

여학생 K가 살짝 미소를 짓는다. 내가 〈꽤 좌파〉란 걸 알고 있기 때문이리라. 이념이 다르면 형제지간에도 원수처럼 싸우는데 애인이 될 수 있을까요? 하고 묻는 것 같았다.

　그날 밤 버스를 타고 집으로 돌아오는 데 나는 내 인생의 소중한 한 부분이 무너져 내린 것만 같았다. 나는 그날 밤 자다 말고 거실로 나와 흐릿한 어둠 속에서 서성거렸다. 아내는 딸네 집에 가 있어서 집안은 적막하기만 하다. 아파트 단지에서 올라온 불빛이 거실 커튼에서 어른거렸다. 나는 그만 긴 한숨을 토해냈다.
　"오 내 첫사랑, 이젠 굿바이!"

방학동
좌파

세상이 언제부터 좌파와 우파로 갈라져서 갈등하기 시작했을까. 아마도 에덴동산부터였을 것 같다. 하나님이 정한 기존 질서와 권위에 도전한 뱀과 그의 유혹에 넘어간 아담으로부터가 아닐는지. 갈릴레이 땅의 예수는 좌파인가 우파인가? 나는 예수는 단연코 〈좌파〉라고 믿지만 그 예수로부터 우파적인 신앙과 좌파적인 신앙이 동시에 갈라져 발전해 왔으니 인간 존재 자체가 좌파와 우파 두 부분으로 구성돼 있는 게 아닌지 모르겠다. 굳이 구분한다면.

내가 사는 동네인 방학동 언덕 넘어 북한산 우이동 골

짜기에 있는 45년 전통의 전원 교회에서 좌파 우파 간의 보이지 않는 갈등이 표면화되기 시작한 건 DJ와 노무현 정권을 거쳐 MB가 대통령에 당선되고부터였다. 십여 년 세월 동안 억눌렸던 우파적 신념이 분출한 것이다. 어느 날 장로 회의에서 한 원로 장로가 신참 장로인 내게 나의 좌파적(?)인 언행을 못마땅한 듯이 말하면서 엉뚱하게도 사도신경의 한 구절을 예로 들었다. 그분의 말투에서 그 동안 교회 내에서 나의 언행에 대해 참아온 억눌린 심정이 느껴졌다.

"성경에도 예수께서 하늘에 오르사 전능하신 하나님 〈우편〉에 앉아 계시다가… 라고 돼 있소."

보임된 지 얼마 안 된 신참 장로지만 소설가랍시고 목에 힘(?)이 들어가 있어 보이는 내게 신경이 쓰였는지 에둘러 말을 꺼낸다는 것이 엉뚱하게도 이런 예를 들고 만 것이다. 교회의 장로보단 소설가로서의 정체감이 더 강했던 나는 이렇게 대꾸했다.

"하나님 쪽에서 보면 그 우편은 좌편이 아닌가요?"

둘러앉은 십여 명의 장로들이 모두 크게 웃었다. 나 자신도 순간 재치 있는 답변을 한 것에 스스로 감격해서 즐겁게 웃었다. 하지만 〈좌파 장로〉에 대한 원로 장로의 반감과 적개심은 당시 MB가 부르짖어 유행어가 됐던 〈서울을 하나님께……〉라는 기독교 왕국 신앙에 힘입어 더욱 깊어졌다. 더욱이 공무원이었던 한 장로가 청와대 인사비서관으로 임명되는 일이 생기자 우리 교회는 MB의 아바타 수준까지 변모하며 곳곳에서 우파적 신앙심이 분출한다. 덩달아서 나의 좌파적인 신념도 강화된 나머지 나는 돈 많은 한 집사가 계획한 고등부 학생들의 해외 성경학교를 공개 거론하며 중단시켰다. 비록 자신이 경비의 절반을 부담한다 했지만 반은 교회가 부담하기 때문이었다.

"학생들이 해외 문물을 보고 배우도록 돕자는 것인데요. 장로님."

"좋긴 한데 그 경비를 왜 교회가 지불해야 합니까?"

"반은 제가 부담합니다."

"집사님은 돈이 많으니 문제없지만 가난한 동네 교회가 헌금을 그런데 지출하는 건 옳지 않은 것 같군요."

"학생들도 교인들의 자녀이고 대부분 가난합니다."

"그럼 부자인 집사님이 전액을 부담하세요."

에쿠스를 몰고 다니던 그 젊은 집사가 그 후로 나를 개 쳐다보듯이 쳐다본 건 어쩌면 자연스러운 일인지 모르겠다. 한국 교회에도 소위 〈신자유주의 물결〉이 범람하던 시절이어서 교인들은 새시대적인 글로벌 신앙을 펼치려는 그 젊은 집사에 대해 더 큰 호감을 보였다. 백수 소설가, 좌파 장로의 자격지심 때문일까. 나는 교회 내에서 점점 더 고립돼 가고 있단 마음이 들었다. 게다가 내가 그토록 싫어했던 MB의 청와대에서 인사수석까지 승진하는 장로에게 담임 목사님을 비롯한 모든 교인들의 관심과 존경이 집중되고 있었다. 그 장로는 35년 전 나와 같이 과천에서 살다가 비슷한 시기에 방학동으로 이사 왔고 그때부터 한 교회를 다니며 애들끼리도 친하게 지내면서 봄이면 뒷동산에 소풍도 함께 가곤 했었다. 청와대로 발령 난 후 그 장로가 경복궁 인근의 한식당에서 저녁도 한턱 쐈지만 그럼에도 나는 이후 그 장로에게 서먹한 기분이 드는 건 어쩔 수가 없었다. 그 장로의 부인은 지금도 나의 아내를 언니, 언니 하면서 가깝게 지낸다. 대구의 부잣집 딸인 그 장로 부인이 입던 명품 코트를 내 딸이 물려받아 입었을 정도이다. 그러나 노무현 대통령이 부엉이바위에서 떨어져 서거한 날 봉하마을로 내려가 날밤을 새우고 서울에 올라온 좌파 장로인 나는 MB가 증오스럽다 못해 그와 관련된 모든 것이 싫어지고 말았다. 교회에서 함께 가깝게 지냈던 시인이자 장로인 한 분은 이때다 하며 뻔질나게 친구나 친지들의 인사 청탁을 해대는 것 같았다. 그 장로의 부인 한데서 '언니, 골치 아파 죽겠어' 하고 아내에게 푸념했단 소리가 들려올 정도였으니까. 서울올림픽대회에서 참가선수등록사무소 소장을 했던 나는 이 경력이면 당시 여수국제박람회의 국제담당 전문위원 자격은 될 거란 생각에 나도 인사 청탁 한번 넣어 봐? 했지만 곧바로 다음과 같이 다짐하였다.

'그런 청탁을 꺼내는 순간 너는 더 이상 소설가가 아

니다.'

〈MB 악행〉은 점점 더 심해져 가고 분을 삭이지 못한 나의 속앓이는 더욱 깊어져서 나는 주일 장로회의에도 나가지 않고 교회 활동에도 불참하기 시작했다. 그렇긴 해도 주일 예배의 대표기도 순서는 어김없이 돌아와서 나는 〈좌파적인 기도〉를 마음껏 공개적으로 부르짖었다. 〈지도자가 악행을 저지르지 않도록 그를 가르치고 일깨우소서!〉 등등. MB를 숭상하다시피 하는 원로 장로 이하 우파 장로들이 내 기도를 들으면서 겪었을 속쓰림이 지금도 눈에 선하다. 그러던 중 어느 날 나는 새로 부임한 젊은 부목사와 함께 동네 호프집에 가서 치맥을 사먹었는데 이게 알려지면서 한바탕 곤욕을 치른다. 이 젊은 목사는 내가 좌파 장로라는 소문에 은근히 관심 갖고 찾아왔던 것인데 동네의 호프집이다 보니 교인이 보고 고자질(?)을 한 것 같았다. 그 젊은 목사는 맥주는 안 마시고 닭튀김만 먹었다고 변명해서 겨우 위기를 모면했지만 나는 〈좌파 장로〉에 이어 〈술 장로〉로서 명성을 떨

치기 시작한다. 하하. 이때의 에피소드와 심정을 담아 쓴
장편 소설이 『헤밍웨이와 나』이다. 쓰는 동안 이렇게 재
밌고 즐거웠던 소설은 없었다. 청어출판사에서 아름답
게 책을 만들어주었는데 표지엔 노을 지는 바다를 바라
보고 서 있는 한 키 작고 뚱뚱한 남자가 그려져 있었다.
편집부 여직원 눈엔 내가 그렇게 보였나? 그래도 마음에
쏙 드는 표지였다.

이즈음 북한산 우이동 골짜기에 110평짜리 럭셔리한 빌라에서 사는 한 부자 신도가 강남 르네상스 호텔 그랜드볼룸을 빌려 아들의 결혼식을 올린다. 교회 담임 목사가 주례를 섰고 맨 앞자리 헤드테이블엔 교회 장로들을 위한 특별석이 마련되었다. 혼주가 그곳으로 안내하는 바람에 얼떨결에 〈우파 장로들〉과 함께 둘러앉았다. 혼주가 부자라서 그런지 식탁 위엔 한눈에 봐도 고급스러운 포도주가 놓여 있었다. 더군다나 예식이 끝날 무렵 예상치 않게 대한민국 바리톤 김동규가 등장하더니 헤드테이블 바로 앞에서 두 곡씩이나 그 유명한 축가를 부르는 게 아닌가. 심지어 다음 곡은 왈츠 곡이니 신랑 신부는 그 자리에서 왈츠를 한번 춰보라고 권하기까지 한다. 남몰래 춤을 배우고 있던 나는 이런 분위기에 숨이 막힐 정도로 압도되었다. 신랑 신부는 수줍은 듯 웃기만 했고 사회자는 김동규가 신랑의 아버지와 고향 친구라고 소개했다. '부자들은 이렇게 사는구만……' 좌파 장로인 나는 선망의 시선을 보내면서 이렇게 속으로 중얼거렸다. 김동규의 육성 노래를 바로 옆에서 들은 나는 가슴이 울

렁거릴 정도로 흥분된 나머지 이후 식사 시간이 되어 웨이터가 따라준 포도주를 단숨에 들이켰다. 옆자리의 장로들이 눈치(?)보느라 마시지 못하는 포도주까지 건네받아 서너 잔을 마셔버렸다. 좋은 포도주인데도 입도 대지 않고 밥만 열심히 먹는 장로들이 내겐 꼭 바리세파 교인들 같아 보였다. 내가 옆 자리의 장로에게 말했다.

"장로님. 그 포도주 안 마실 거면 제가 마셔도 될까요?"

"아, 그러세요."

〈좌파 장로〉는 즐거운 마음으로 옆자리 포도주 잔을 가져오면서 속으로 중얼거린다.

'혼인 잔치에 와서 포도주 한 잔을 기분 좋게 못 마시다니. 바보같이. 예수의 첫 번째 기적이 혼인 잔치에서 물을 포도주로 만든 것인 줄도 모르는감.'

예식이 끝나고 교회 성도들은 혼주가 대절한 관광버스를 타고 귀가하였는데 나는 포도주를 여러 잔 마신 탓에 버스를 타고 오는 동안 비몽사몽 잠이 들었다. 잠결에 맨 뒷좌석에 앉은 그 원로 장로가 주위에 앉은 교인들에게 취하지 말란 성경 구절을 언급하면서 교인의 신실한 신앙생활을 강조하더니 급기야 장로는 성도에게 본보기가 되는 금욕적인 생활 습관을 가져야 한다고 장황하게 설파하는 것을 들었다. 나더러 들으라고 하는 소리임을 단박에 알아차렸다. 결국에는 다른 장로들의 포도주 잔까지 가져다가 홀짝 마셔버려야 쓰갔소 하는 말이 들렸다. 잠자는 척 듣고만 있으려니 좀이 쑤시고 약이 오르기도 해서 불쑥 한마디 하려 하는데 옆자리에 앉은 아내가 참으라면서 내 손을 꽉 잡고 놓지 않는다. 〈신실한 기독교인은 술을 마시지 않는다〉란 신앙 준칙에 대해 술과 신앙이 대체 무슨 관계가 있는 것이죠? 하고 이의를 제기하려 했던 것인데. 하하. 최근 영화 〈두 교황〉을 보니 바티칸의 우파 교황과 좌파 추기경이 거실에서 포도주를 함께 마시며 신앙에 관해 토론하는 장면이 인상적이었다. 개신교의 경우 신앙심 깊은 장로들은 공개적으론 술을 입에 대지 않는다. 나는 그들이 개인적인 자리에선 술을 곧잘 마신다는 걸 알고 있다. 왜냐하면 우리 아버님은 신앙심 깊은 골수 우파 장로이셨는데도 친구들을 만

나면 술을 몹시도 좋아하셨다. 강남 대형 교회의 안수 집사로 신앙심 깊은 내 대학 동창은 집안에 포도주 창고를 갖고 있을 정도이다. 내가 『헤밍웨이와 나』란 장편 소설을 출간했을 때 축하해준다며 헤밍웨이가 카리브해 연안에서 즐겨 마셨다는 값비싼 〈마고〉 와인을 해외에서 사 들고 들어와 호텔 식당으로 나를 초대해서 함께 마신 적이 있다. 포도주는 스토리가 있어야 더 맛있다 하면서.

"넌 신앙이 깊은데도 술을 좋아하는구나!"

"야, 이 친구야. 포도주는 술이 아니야!"

하하. 술에 대한 이데올로기적인 해석이 아닐까 싶다. 〈술〉의 정의는 〈알코올이 포함된 음료〉인데도 말이다. 하긴, '예수가 갈릴리 해변에서 어부들이 잡아 온 물고기를 굽고 〈포도주를 마시며〉 어부들에게 하나님 나라 이야기를 해주는 걸 좋아했다'란 말을 '……어부들과 함께 〈술을 마시며〉'로 바꿀 수는 없는 노릇 아닌가. 포도주와 술은 같은 말이기도 하고 또 완전히 다른 말이기도 한 것이다. 좌파와 우파가 한 몸이면서 서로 완전히 다르듯이. 이데올로기란 이런 것!

내가 사는 아파트 동 바로 앞의 상가 2층에는 개업 30여 년 된 내과의원이 있다. 우리 가족의 평생 단골 병원이다. 우리 가족은 지난 세월 감기 등 소소한 병에 걸리면 이 병원에서 진찰받고 주사 맞고 처방약을 받아먹었다. 십여 년 전 고혈압이 생기고부터 나는 매달 한 번씩 혈압약 처방을 받기 위해 원장을 만난다. 이분의 나이는 나보다 서너 살 아래지만 직업적 위세 상 연배 같은 분위기. 의사 수필가로도 유명하다. 최근엔 시인으로 정식 등단했다. 문학에 대한 열정은 단연코 나보다 한 수 위. 내가 진찰실 입구에 놓인 등단 축하 화분을 보고 다음과 같이 축하 말을 건네자 몹시 행복한 표정을 지었다.

"선생님. 시인 등단을 진심으로 축하드립니다. 사람은 노력하면 판사도 되고 의사도 되고 교수도 되지만 시인은 아무나 되는 게 아니란 말이 있더군요. 이승으로 넘어오기 전에 뮤즈의 샘을 마신 자만이 시인이 된다고 했어요."

지역 사회에서 봉사 활동을 많이 해서 훌륭한 의사로

정평이 나 있는 이분은 친절하고 인자해서 환자에게 다정하게 말을 건네고 병명과 치료 방법을 정성껏 설명해 준다. 「시골 의사」란 제목의 수필로 문학상을 탄 걸 보면 이분도 나처럼 방학동을 〈시골〉로 생각하고 있는 것 같다. 진찰실 안에서 두런두런 들려오는 환자와의 대화를 듣고 있으면 존경심이 저절로 생긴다. 경상북도 안동이 고향이어서 양반 가문으로서의 자부심이 대단하다. 한데, 내겐 딱 한 가지 문제가 있으니 이분은 대단한 우파다.

나는 이 때문에 오래 기다리더라도 환자가 제일 붐비는 시간을 골라 병원에 간다. 짧게 진찰받고 나오기 위해서다. 이분은 조선일보 평생 독자이다. 대기 환자가 있는데도 진찰실에서 컴퓨터에 포털 뉴스를 띄워놓고 열심히 검색하는 것을 본 적도 있다. 하루 종일 진찰실 안에서만 지내다 보니 입맛 맞는 진영 뉴스만 편식해서 그럴까. 소위 〈가짜 뉴스〉와 〈왜곡 뉴스〉에 쉽게 감염되고 만다. 내가 소설집을 내고부턴 어떤 때는 진찰은 뒷전이고 문학과 정치, 글쓰기 관련한 이야기를 꺼내서 기다리는 다른 환자들에게 미안한 적도 있다. 특히 그 정치 이야기. 문제는 환자용 뱅뱅이 의자에 쪼그리고 앉아서 주치의의 말을 다소곳이 들어야만 하는 일방적 상황. 억지 미소를 짓고 고개를 주억이며 앉아 있는 열혈 〈좌파 환자〉의 괴로운 심정을 상상해보라. 하하. 예컨대 다섯 가지 예:

"김대중 정권은 약사협회와 검은 커넥션이 있었던 게 틀림없소. 김대중의 의학분업 정책은 완전 실패작이오."

"박원순은 진보라면서 자식은 미국 유학까지 보냈더군요. 겉과 속이 다른 이런 사기꾼 좌파가 서울 시장이 되면 큰일인데."

"문재인도 좌빨 아니겠소. 박근혜가 대통령이 된 건 국운이 튼 거요."

"김수영문학관에서 초청 시인 강의 들어봤는데 좌파 시인 참 실망입디다."

"도대체 말도 안 되는 소득주도 성장이라니. 세계와 경쟁하며 앞으로 치고 나가기에도 바쁜 이때에 말이오. 대기업 다 죽고 나라 망하는 거 아닌지 걱정돼 죽겠네."

처방전을 내주는 간호사가 내게 의미 있는 미소를 짓는다. 한데, 처방전을 받아 들고 일층 약국으로 가면 이번엔 흥미롭게도 젊은 〈좌파 약사〉가 기다리고 있다. 2년 전에 이 약국을 새로 인수했다. 그가 좌파인 걸 어떻게 아냐고? 약국 안엘 들어서면 곧바로 들리는 건 소위 좌파 진영의 유명 유튜브 방송이기 때문이다. 이런 방송을 공개적으로 틀어놓고 약을 조제한다. 김어준이나 유시민의 목소리가 배경음악처럼 깔려있다. 동지애를 느낀 내가 내 소설집 『거꾸로 가는 시간』을 주자 이분도 내게 동지애를 느꼈는지 따뜻한 쌍화탕이나 시원한 비타500을 서비스로 꼭 챙겨준다.

"요샌 무슨 글을 쓰시죠? 작가들이 좀 분발해야 되는 거 아닌가요."

좌파라서 그런지 시니컬하고 냉소적이다. 젊은 남자라서 생활 태도가 꽤 검소해 보인다. 위층의 우파 의사가 아우디 승용차를 타는 반면 이 좌파 약사는 자전거로 출

퇴근한다. 이 전엔 나이 든 여자 약사였는데 무언가 위층 의사와 사이가 좋지 않아 보였다. 김대중의 의약 분업을 실패한 정책이라고 비난한 건 아마 이 여자 약사 때문이 아닌가 싶다. 약국 안 TV에 항상 채널A나 TV조선이 켜져 있는 것을 보고 나는 이 여자 약사가 〈우파〉라고 짐작했었다. 몇 년을 매월 약을 사러 갔는데도 박카스 한 병 서비스로 준 적이 없다. 한동안 무슨 사연이 있었는지 위층 병원 바로 옆에 작은 약국이 새로 오픈해서 두 약국 간에 법정 다툼이 벌어지기도 했다. 한 건물에 두 개의 약국은 불공정 경제 행위이다 뭐다 하면서. 결국은 위층의 새 약국이 문을 닫았다. 반면, 이번의 좌파 약사는 위층의 우파 의사와 아주 잘 지내고 있다는 인상을 받았다. 처방전을 내주는 의사에게 아주 깍듯이 인사(?)하고 있다는 이야기가 아닐까. 나는 부산에서 병원 개업을 하고 있는 의사 친구 녀석에게서 장난삼아 비아그라 처방을 공짜로 받은 적이 있었다. 그때 병원 아래층 약국에서 이런 비싼 약인 경우 의사에게 커미션을 준다는 걸 눈치챘었다. 하하. 나는 한 가지 지혜를 얻는다. 인간 사회의 평화와 화합은 경제적 이익의 공정하고 합리적인 배분에 있다는 것을.

코로나19 바이러스 역병이 전 세계의 선진국들에게, 나아가 인류문명에 근본적이고도 새로운 질문을 던지고 있다고들 말한다. 인류는 이 방식대로의 생존 번영이 계속 가능할 것인가? 하는. 한국에선 하필 선거철에 이 전대미문의 위기가 닥쳐온 바람에 이 값진 기회를 놓치고 말 것만 같다. 문명과 인간 삶에 관한 근본적인 성찰은 커녕 이 와중에도 진영별로 가짜뉴스와 왜곡 뉴스가 절정을 이루고 있으니 말이다. 코로나19 상황이 종료되면 우선 〈좌파〉〈우파〉 간의 우스꽝스러운 대립과 반목부터 사라졌으면 좋겠다. 바이러스 앞에선 〈유기체 덩어리 한 몸〉이 아닌가.

방학동
보헤미안

    나는 젊을 적에 〈보헤미안의 함정〉에 빠져 허우적거렸다. 〈함정〉이란 표현을 쓴 건 영화 속의 빠삐용처럼 소위 방랑벽(보헤미안 기질) 때문에 젊은 시절의 귀중한 시간을 너무 많이 낭비했단 후회가 들기 때문이다. 자신의 무죄를 끈질기게 주장하며 감옥에서의 탈출과 재투옥을 되풀이하며 늙어버린 빠삐용. 그날도 꿈속에서 하늘을 향해 무죄 항변을 되풀이한다.

    "나는 억울합니다."

    그러자 하늘에서 들려오는 음성.

    "시간을 낭비한 건 어쩔 셈이냐?"

    비로소 빠삐용은 머리를 떨군다.

"네. 나는 유죄입니다. *Yes, I am guilty.*"

나는 50세에 개신교 교회의 장로가 되었지만 등 떼밀려 된 것이라고 늘 생각해 왔다. 〈보헤미안 기질〉 때문에 교회 생활엔 충실하지 못했던 걸 잘 알고 있기 때문이다. 아내의 신앙생활과 십일조 헌금 덕분이라 생각해서 교회 장로직은 실제론 아내에게 주어진 것으로 생각했다. 전교인 투표에서 한 번 떨어졌고 두 번째 투표에서 가까스로 2/3 찬성을 얻어 장로로 임직 되던 날, 그날은 교회 창립 기념일이기도 했다. 여러 교회에서 목사들이 축하차 방문했고 장로 보임자의 친인척들이 참석하였다. 신앙심 깊은 나의 세 누이들도 한편으론 약간 어이없단(?) 표정으로—물론 내색은 하지 않았지만—남동생 교회의 기념 예배에 참석했다. 어쨌든 아버지에 이어 남동생마저 장로가 됐으니 하나님께 영광이요 가문의 영광이란 표정이었다. 임직 예배가 끝나고 다섯 명의 신임 장로들이 차례대로 강대상에 올라가 인사말을 하였다. 하나님께 감사하며 신앙을 맹세하였다. 어떤 신임 장로는 감격에 겨워 울먹였다. 최저 득표로 말석 장로가 된 바람에 나의 차례는 맨 마지막. 나는 짧게 다음과 같이 인사말을 했다.

"이번엔 성도님들께서 저를 장로로 인정해 주셨지만 하나님께서도 저를 장로로 인정하실지는 잘 모르겠습니다. 하나님께도 인정받도록 노력하겠습니다."

일순 썰렁한 분위기. 모든 행사가 끝나고 귀가하려는데 한 낯선 교회의 목사가 다가와 악수를 청한다.

"장로님. 제가 들은 인사말 중 가장 가슴에 와닿는 말이었습니다."

나는 그 목사가 자기 교회에서 장로들한테서 꽤 시달렸던 분이 아닐까란 짓궂은 생각을 했다.

내가 이렇게 장황하게 〈장로 된 일〉을 늘어놓는 건 한국 개신교도라면 거의 읽지 않는 〈도마복음서〉의 한 구절을 언급하기 위해서다. 전후 사정에 대한 기술 없이 예수의 말만 기록한 도마복음서의 42장. "방황하는 자가 되라 (Be wanderers)"는 구절. 예수의 이 말에 대한 성경학자들의 해석은 분분하다. 좌파적 신앙을 멀리하는 미국 개신교는 도마복음서 자체를 경원시해 금서목록에 올라가 있을 정도. 반면 민중신학에선 도마복음서를 많이 인용한다. 4대 복음서와 바울의 서신서와 달리 역사적인 예수가 했던 말 그대로가 기록돼 있기 때문인지도. 도마복음서는 독일 등 유럽에선 Q복음서란 이름으로 널리 연구된다. 성경 공부가 깊지 못한 나는 어느 날 도올 김용옥이 쓴 〈도마복음 이야기〉(2008. 통나무)를 읽고서 큰 감동을 받는다. 특히 42장 "방황하는 자가 돼라"는 예수의 말에 마음이 꽂힌다. 이 구절에 대한 도올의 해설은 엉뚱하게도 나의 방랑벽에 대해 성경적인(?) 배경마저 제공해준다.

한편, 〈그대가 곁에 있어도 나는 그대가 그립다〉란 시로 유명한 류시화 시인은 오쇼가 쓴 〈도마복음 강의〉(2008. 청아)를 번역하면서 이 구절을 〈너희는 지나가는 자, 나그네가 돼라〉로 번역했다. 번역상의 차이지만 세상과 인간 삶에 대한 사람들의 인식이 얼마나 다종다양할 수 있는가를 실감한다. 류시화 시인은 예수에게서 사유하는 자, 감성적인 현자의 모습을 더 보았고 도올은 예수를 실존적인 인간, 실천적인 예언자 행동가로 본 것이 아닌가 싶다. 나는 도올의 시각을 더 좋아했다. 50살이 넘은 나이에 다시 〈소설가〉에 도전할 수 있었던 건 도올의 설명대로 〈세상의 일부가 되어 그것을 붙들고 살지 말라〉는 예수의 가르침을 잊지 않았던 게 아닐런지. 〈기름진 세상〉으로부터 가끔 떠나 있게 만든 그 〈보헤미안 기질〉이 없었다면 뒤늦게나마 소설가가 되려는 꿈을 꾸지 않았을 것이다. 유명 소설가는 못됐지만 나는 〈소설가인 것〉에 각별한 자부심을 갖고 있다. 못난 놈 엉덩이에 뿔나듯이. 무식한 놈 뭐 큰 거 자랑하듯이. 하하. 보헤미안 기질 때문이기도 했지만 나는 주변의 누구한테서도 소설 쓰는 법을 배울 기회를 얻지 못했다. 그저 마음에 드는 작품을 암송하거나 베껴 썼을 뿐. 이 때문일까. 내겐 선후배, 스승, 원로란 개념이 부족하다. 때문에 나는 선배 소설가들에게 무례한 인간이란 인상을 주고 욕을 먹기도 한다. 나는 스스로 내 정체감을 보헤미안, 아나키스트, 데카당스로 즐겨 표현한다. 거친 행동 뒤에 뒤따라오는 소외감이나 고립감 같은 걸 감내하면서.

언제부터 나는 〈방황하는 자〉가 됐을까? 대학시절 나는 배낭에 야영 장비를 잔뜩 짊어지고 혼자서 며칠씩 산속에서 지내다 내려오곤 했다. 데모로 대학은 수시로 문을 닫던 시절. 나는 이때다 하고 배낭을 꾸려서 집을 나왔다. 공부는 뒷전이고 세상 방랑하듯 떠돌아다니는 아들이 집에 돌아오면 어머니는 어이가 없단 표정을 지으시며 이렇게 물으셨다.

"집 밖으로 떠돌아다니는 건 니 팔자라 치고 넌 그 캄캄한 산속에서 혼자 텐트 치고 자면 무섭지도 않냐?"

나는 어릴 적부터 귀신같은 걸 몹시 무서워했다. 다락방 쪽문이 열리고 발바닥귀신이 내려와서 자고 있는 내 발을 잡아끌고 올라가는 꿈을 자주 꾸었었다. 한 번은 여행 떠나기 전날 TV에서 우연히 전설의 고향 납량특집 드라마를 보고 말았다. 강원도 두타산의 삼화사 인근의 숲속에서 혼자 야영하는데 드라마 속의 귀신 출현 장면이 떠올라 밤새도록 한잠도 자지 못했다. 창호지 문을 왈칵 열고 얼굴을 디밀던 그 머리 푼 여자 귀신 얼굴. 옛날 텐트는 이음새가 촘촘하지 못해 가벼운 바람만 불어도 텐트 자락이 '서럭' 하고 움직였다. 적막한 숲속의 밤엔 그 작은 소리가 얼마나 크게 들리던지. 작은 벌레가 날아와 텐트 거죽에 들러붙는 소리가 마치 천둥소리 같다고 말한다면 거짓말? 천만에. 온 신경을 곤두세우고 바깥의 어둠에 대한 공포심을 품고 있다 보면 낮엔 들리지도 않을 작은 소리에 기절초풍할 때도 있다. 밤새도록 귀신 꿈을 꾸느라 혼미해진 나는 비몽사몽간에 눈앞의 칠흑 같은 어둠 속에서 손톱만 한 작은 푸른 불빛이 나타난 걸 본다. 텐트의 맨 위 끝자락이 밝아오고 있었다. 먼동이 트면 귀신들은 산속으로 도망간다지 않는가. 비로소 나는 안도의 큰 숨을 내쉬며 노곤한 잠에 빠져든다.

나는 왜 그토록 한사코 짐을 싸서 세상을 떠돌아다녔던 것일까? 산속에서 혼자 자며 온갖 귀신 꿈을 꾸느라 벌벌 떨면서도 왜 기어코 깊은 숲속으로 들어가 텐트를 치고 그 안에 누웠을까? 〈칼과 상처가 서로서로를 부르며 몸부림치듯〉 나는 몹시 두려워하면서도 고립과 공포와 외로움 속으로 기어들어 가곤 했다. 무슨 커다란 철학적 목표나 각성이 있었던 게 아니었다.

〈가엾은 보헤미안〉에겐 한 가지 가슴 아픈 사연이 있었으니 세월이 많이 흘렀으니 이젠 나 자신의 〈해방〉을 위해서도 그 이야기를 공개적으로 털어놔야겠다. 설악산 능선에서 벌어진 그 사건. 내 젊은 시절을 온통 좌절과 열등감이 뒤엉킨 〈방랑 삼천리〉로 만들어 버린 가슴 아픈 사연. 큐피드의 독화살 사건.

대학 2학년 1학기 초. 나는 다른 과에서 편입해 온 한 여학생에게 온통 정신을 빼앗기고 만다. 수줍음 타고 소심한 성격이었던 내겐 불시에 불덩어리를 뒤집어쓴 꼴. 당시는 지금처럼 남녀가 쉽게 연애에 돌입(?)할 수 있던 시절이 아니었다. 열병으로 몸이 단 나는 궁리 끝에 그녀를 전문 산악회에서 주관하는 1박 2일 설악산 종주 등반에 참가하자고 설득해서 뜻을 이루었다. 당시 설악산이

나 지리산은 혼자서 등반하기엔 엄두가 나지 않는 험한 산이었다. 아뿔사! 설악산 깊은 산속에서 이삼일 내내 함께 지낼 수 있을 거란 기대감은 마장동 시외버스정거장서 새벽 출발하는 속초행 시외버스를 타는 순간부터 어긋나기 시작했다. 참가 인원이 20명이 넘자 효율적인 등반을 위해 3개 조로 나누더니 버스 탑승부터 등반 일정 내내 조별로 행동한다는 지침이 떨어졌다. 당시 산악회는 지금과는 달리 규율이 꽤 엄격했었다. 덩치 좋고 카리스마 있는 산악 대장 및 간부들이 각 조별로 버티고 있어서 눈에 나면 완전 왕따 당할 분위기였다. 인제 원통을 지나 남교리 십이선녀탕 입구에서 하차한 등반대원들은 본부의 지시에 따라 가져온 식료품 등을 균등하게 배분해 갖고서 출발했다. 내설악 앞을 흘러 원통 인제 소양강으로 흘러가는 얕은 강가엔 양안을 잇는 쇠줄에 작은 철선이 묶여 있었는데 A조는 그 배를 타고 도강했고 나머지는 등산화를 벗어들고 강을 건넜다. 주최 측은 사전 의도였는지 몰라도 그녀와 나를 각각 A조와 C조로 멀리 떨어뜨려 놓았다.

십이선녀탕을 지나 대승령 능선에서 야영하며 대청봉과 공룡능선 등을 통과해 설악동 비선대까지 내려오는 1박 2일 긴긴 시간 동안 나는 그녀를 단지 먼발치서 구경(?)했을 뿐이다. 견디지 못한 내가 조를 무단이탈하여 그녀가 속한 A조로 뒤따라갔다가 A조 일행의 거친 눈총을 받아 되돌아오기 일쑤였고 C조에선 안절부절 수시로 조를 이탈하는 나를 상습 탈영병 취급하며 왕따 시켰다. 그 귀한(?) 초콜릿을 나만 빼고 지네들끼리 나눠 먹는 걸 먼발치서 보았으니까. 한데 이건 또 웬일? 하루가 지나자 멀리서 봐도 그녀가 그 키 크고 잘생긴 등반대장과 등반 내내 다정하게 붙어 지내고 있지 않은가. 설악동에서의 마지막 쫑파티 식사 자리에선 아예 산악 대장 곁에 딱 붙어 앉아 있었고. 6시간가량 버스 타고 서울로 오는 동안 나는 거의 돌아버리기 직전이 되고 만다. 한데 더욱 기막힐 노릇은 밤 11시가 넘어 도착하자—그땐 통행금지가 있었다—산악 대장이 진두지휘하며 집 방향이 같은 회원들을 묶어 한 택시에 태워 보내더니 그녀와 한두 명을 데리고 같은 택시를 타고 떠나 버리는 게 아닌가. 한 자리가 남아 내가 그 택시를 타려고 마지막 시도(?)를 벌이자 택시 운전사가 안에서 무슨 소릴 들었는지 내가 들이미는 배낭을 막더니 그대로 출발해 버렸다. 통행금지가 임박한 시간에 청량리 밤거리에 혼자 남겨진 나는 인생의 막다른 벼랑 끝에 선 것만 같았다. 나는 그날 밤 검문 경찰의 호루라기 소리에 쫓겨 마장동의 한 싸구려 여인숙에 투숙했다. 손바닥만 한 여인숙 방에 누워서 연탄가스가 스며들게 하기 위해 팩으로 방바닥 모서리를 긁고 파고 했던 일. 이런 제기랄. 이후의 이야기는 지금도 차마 쪽 팔려서 말하기가 거북하다.

큐피드의 독화살을 맞은 나는 만사를 포기하고 조기군 입대를 위해 징병검사를 받았지만 고도근시로 병종 불합격 판정을 받고 만다. 군대 가는 일이 수포로 끝나자 나는 곧바로 휴학했고 그 후 이 년간은 완전히 타락한 보헤미안 데카당스가 된다. 지리산의 쌍계사 절에서 머리 깎고 중이 되려했지만 차마 뜻을 이루지 못한 적도 있었다. 명동에 있던 국립중앙도서관에 처박혀 밤낮으로 게걸스럽게 책을 읽어댔지만 실연의 아픔을 치유하기엔 역부족. 그러던 중 우연찮게도 나보다 더 망나니처럼 살고 있던 중학교 동창을 만난다. 아버지가 일본 의사인 그 친구는 나를 동네 골목길에 있던 소위 작부집으로 데려갔다. 그 후 화류계 생활 1년. 그 친구는 술집 마담의 기둥서방이었다. 친구 따라 강남 가듯이 나도 덩달아서 술집 아가씨의 둥기(기둥서방)가 된다. 비 주룩 주룩 내리던 날 어둑한 술 방에 누워 호마이카 전축으로 LP판 문주란의 〈동숙의 노래〉를 들었던 때의 먹먹한 느낌은 지금도 가슴속에 절절하게 남아 있다. 한데, 1년의 긴 시간을 낭비해버렸지만 이 화류계 생활은 내겐 그야말로 특효약 백신 한방이었다. 나는 실연의 모든 고통과 질곡으로부터 벗어난다. 백신 맞고 면역 생기자 남녀 간의 애틋한 사랑이란 게 얼마나 우습고 유치해 보이던지. 삼십여 년이 지나서 나는 이때의 경험을 되새기며 단편 「화류연의花柳演義」를 썼다. 이 작품을 읽은 한 점잖은 원로 여자소설가가 내게 이렇게 물었다.

"이런 소설을 쓰다니. 대체 너의 정체가 뭐냐?"

일본 교토의 고찰 금각사金閣寺. 옛날 이 절의 수도승들은 주지 스님의 명령에 따라 의무적으로 동네 유곽에서 기둥서방 노릇을 한 후 무당 할머니가 뽑아주는 점괘를 받아든다. 〈동쪽으로 가면 살고 서쪽으로 가면 죽을 괘〉. 전설에 의하면 주저 없이 서쪽을 향해 떠났던 수도승만이 후에 대승이 됐단 이야기. 몇 해 전 金閣寺 아랫마을을 돌아다니며 그 실존적 허무함과 자해 분위기가 서린 여관 골목길을 눈을 씻고 찾아봤지만 흔적도 없었다. 내가 화류계 생활을 했던 옛날 동네의 술집 골목길도 아파트 단지로 변해 버렸다. 어쨌건 나는 그 유곽을 나와 죽음이 서린 〈서쪽〉으로 길을 떠났으니…… 30년이 지나 내가 〈소설가〉가 된 배경이다. 하하.

방랑벽이 극에 달했던 시절 나는 보들레르가 〈악의 꽃〉에서 말한 〈여행에의 권유〉 한 구절을 주문처럼 암송하며 다녔었다.

'여기가 아니면 어디나 다 좋다.'

그런 어느 날 나는 남원역 앞의 공터에 털퍼덕 주저앉아 있었다. 지리산을 넘어 남원역까지 왔지만 돈은 다 떨어지고 서울행 완행열차 기차표를 사고 나자 달랑 동전 몇 잎만 남았다. 목마르고 배고프고 그러나 밥 사 먹을 돈은 없고. 40년 전의 남원역은 허름한 작은 시골 역이었다. 역 앞 공터에 주저앉아 하염없이 열차 도착만을 기다려야만 했다. 배고픔을 견디다 못해 라면땅 같은 과자 부스러기 한 봉지를 사 먹었지만 간에 기별도 안 갔다. 축 처져 앉아 있는데 길 맞은편에 중국집 간판이 눈에 들어왔다. 상상인지 몰라도 짜장 볶는 냄새까지 풍겨오지 않는가. 초인적인 인내심을 발휘하고 앉아 있는데 이 무슨 운명의 장난인지. 중국집 바로 옆에 헌책방이 있는 게 눈에 들어왔다. 나는 엄청난 갈등을 겪는다. 여행 떠나오기 전 갓 출간된 양장본의 보들레르의 〈악의 꽃〉을 사들고 왔기 때문이다. 여행 내내 그 〈악의 꽃〉 시집을 신주단지처럼 모시고 다녔다. 이마가 벗겨진 무서운 얼굴의 보들레르의 초상화가 표지에 그려져 있는 책이었다.

정신적 갈등과 육체적 몸부림. 이윽고 나는 천천히 일어나 헌책방으로 가서 그 아름다운 책 〈악의 꽃〉을 헐값에 팔았다. 그리고 중국집으로 가서 짜장면을 사 먹었다. 먹는 내내 죄책감에 시달렸지만 짜장면 유혹을 이길 순 없었다. 책은 또 사면 되지 하고.

그러나 나는 이후 〈보들레르의 저주〉에 걸린다.

신춘문예에서 연거푸 떨어지자 나는 문학이 내 갈 길이 아닌가 싶어 대학원 사회학과에 진학해 석사학위를 땄다. 그러나 또 내 본질은 사회과학이 아니고 문학이란 자각이 들어 다시 문학 백수로 되돌아왔다. 3년 낭비. 아내를 만나자 나는 다시 또 〈문학〉을 버리고 〈빵〉을 선택한다. 그 후 이십여 년간에 걸친 긴 밥벌이 시간. 아침에 일어나 직장 출근할 때마다 나는 사르트르의 말대로 〈자신의 운명을 목 졸라 죽여야만 했다〉. 짜장면을 사 먹기 위해 〈악의 꽃〉을 헐값에 팔아버린 일에 대한 보들레르의 저주가 아니고 무엇이겠는가. 55세에 소설가가 되고 나서야 비로소 나는 〈보들레르의 저주〉에서 풀려난다.

그리고 최근. 늙고 무거워지고 느려지고 그래서 신중해진 보헤미안은 새로운 여행의 명언과 마주한다.

"네가 좋다고 찾아간 그곳은 누군가 싫어서 떠난 곳이다."

-그녀와 학창시절 단짝이었던 여자 동창생을 40여 년 만에 만난 적이 있다.
"그때 왜 갑자기 사라졌어요?"
대충 설명을 듣자 동창생이 미소 지으며 말했다.
"그 애 신랑 산악 대장 아니거든요. 의처증 남자와 결혼할 뻔했네."

-나는 삼십여 년이 지난 후에야 보들레르의 <악의 꽃>을 다시 샀다.

〈셰익스피어 연극배우〉가 되다

　내겐 아주 고질적인 버릇이 있었다. 그건 시도 때도 없이 혼자 중얼거리는 버릇. 이런 버릇이 언제 생긴 걸까? 생각건대 아마도 1998년 IMF로 직장을 명퇴한 후 오갈 데 없는 백수로서 여기저기 산길이며 골목길이며 시장 바닥을 실성한 사람처럼 헤매고 다닐 때 얻은 버릇이 아닐까 싶다. 당시 대한민국의 많은 가장들은 〈보증 채무〉란 무시무시한 족쇄에 걸려들었는데 나 역시 엄청난 무게의 바윗덩어리를 짊어지고 언덕을 오르는 〈시시포스 신세〉가 된 바람에 한 걸음 한 걸음을 내디딜 때마다 입에선 저절로 탄식과 고통의 신음소리가 튀어나왔던 것이다. 오죽했으면 이런 말까지 들었다. "죽지만 않으면 된다. 결국은 다 풀려." 영원한 형벌 같았던 시지포스 바위를 등에서 내려놓게 된 기적은 앞에서 언급했다. 지옥에서 보낸 한 철은 지났어도 그곳에서 얻은 못된 버릇은 고질병처럼 남았다. "나는 이제부터 파란색을 빨강이라고 부르겠다." 지옥에서 간신히 빠져나온 프랑스 시인 랭보가 토해낸 말이다. 오죽했으면 그런 〈멋대로 심정〉이 들었을까 싶다. 같은 심정을 품었던 내가 어느 날 거실에서 혼자서 마구 중얼거리자 안방에서 자리보존하고 누워계시던 어머니가 "뭐라고?" 하고 크게 물으신다. 비몽사몽간에 당신에게 한 말인 줄로 아셨나보다. "엄마. 나 혼자 지껄이는 거 잘 알잖아요." 하자 어머니는 옛날 동네에 혼자 중얼 중얼대며 돌아다니던 꾀죄죄한(?) 남자가 있었는데 어찌 내 아들이 그렇게 됐단 말인가 하고 탄식하셨다.

나는 여러 소설 속에서 〈중얼거리는 버릇〉을 가진 주인공을 단골로 묘사했다. 2011년에 펴낸 장편 『시인 노해길의 선물』과 2016년에 쓴 중편 「왈츠 추는 늙은이」

에서 묘사한 장면을 소개한다. 이런 버릇의 진상을 이해하는데 도움이 되지 않을까 싶어서다.

장편 『시인 노해길의 선물』. 이야기인즉 사업에 실패하고 빚쟁이에게 쫓겨 여기저기 도망 다니던 주인공은 전철에 올라타고선 아이고! 하고 소리치고 싶은 기분을 가까스로 참아낸다.

"전철을 타고서도 우울한 심사가 지속되었다. 그는 철봉을 하듯 양손으로 손잡이를 붙든 채 몸을 바닥에서 들어 올리며 매달렸다. 근육의 긴장감이 전신으로 퍼졌다. 효과가 있었는지 세상일이 조금은 만만해 보였다. 조금 전 까지만 해도 단말마 같은 외침을 입 밖으로 토해내고 싶은 욕망을 가까스로 참고 있었던 것이다.

주위에 사람이 있건 없건 혼잣말로 중얼거리는 버릇은 더욱 심해지고 있었다. 후회나 창피함 때문에 견딜 수 없는 심정에 사로잡히면 그는 자기도 모르게 소리

내어 중얼거렸다. 증세가 심할 땐 지하철 안이건 버스 안이건 아무 데서나 중얼거렸다. 지하철을 타고 가다 손잡이를 움켜쥔 손에 힘을 주며 어이구! 하는 단말마 같은 소리를 내지른 적이 한두 번이 아니었다. 엘리베이터를 타고 사람이 없으면 그는 큰 소리로 중얼거리고 싶어졌다. 좁은 공간에 갇힐 때면 견딜 수 없는 심사가 들기 때문이었다. 엘리베이터의 문이 열리면 문앞에 서 있는 사람들이 일제히 그의 얼굴을 바라보았다. 엘리베이터 안에서 대체 무슨 짓을 한 거야 하며 살펴보는 것 같았다. 그의 얼굴에 어떤 흔적이 남아 있었던 게 틀림없었다.

속으로 끓어오르는 후회의 감정이 크면 클수록 입밖으로 튀어나오는 아! 또는 어이구! 하는 단말마는 저절로 커졌다. 문제는 그러고도 전혀 창피한 생각이 들지 않는 것이다. 그는 엘리베이터의 문 앞에서 일제히 자기를 바라보는 사람들 사이를 유유히 비집고 지나갔다. 지하철에선 옆에 선 젊은 여자가 흠칫 놀라더니 슬그머니 자리를 피해 가버렸다. 그에겐 부끄럽다는 생각조차 들지 않았다.

★——

시간이 흘러 상황이 극적으로 호전돼 절박한 심사가
많이 이완되자 아무데서나 중얼거리는 버릇은 사라졌
다. 가끔 단말마 같은 소리를 내지르고 싶어 못 견딜 때
도 있었지만. 그 대신 이 〈혼자 중얼거리는 버릇〉은 새
로운 차원으로 진화해 갔다. 그나마 소설가로 등단하고
보니 바그너의 〈명랑한 과부〉와도 같은 심정이 들어서
였을까. 나는 〈중얼거림〉에 극적인 요소를 가미한다. 나
의 중얼거림은 점점 더 인생파조, 신파조로 변해갔고 마
치 코 빨간 삐에로처럼 책이나 영화에서 마주친 감동적
인 대사나 명언들을 주저리주저리 혼자 중얼거리기 시
작한다. '이거 아주 재미있는걸.' 다만 주위에 사람이 있
나 없나 꼭 살펴본다. 미친놈 소리를 들을 수는 없지 않
은가.

몇 년 전 나는 소설을 쓰기 위해 청산도에서 한 보름을
지낸 적이 있었다. 그곳에서 젊을 적 육지에서 들어와 평
생을 외톨이로 사는 한 독거노인을 만났는데 그 노인은
하루 종일 갯바위나 방파제에 나가 앉아 낚시를 했다. 눈

여겨보니 그 노인은 툭하면 혼자서 중얼거렸다. 곁에서 낚시를 함께 하던 내가 "네?" 하고 묻자 "아니오. 그냥 혼자 지껄인 거요." 한다. 하하. 혼자 중얼거리는 일에 이력이 났던 나는 속으로 미소 지었다. 그 노인은 무슨 상념이 그리도 많았던 것일까. 나는 그 노인을 주인공으로 삼아 「왈츠 추는 늙은이」란 중편 소설을 썼다.

킬킬대고 투덜대고 질질 짜며 사는 게 인생이지

청산항은 두 개의 방파제가 양팔을 벌려 감싸 안은 모양새다. 그 벌려진 틈새로 배들이 들락거렸다. 웬만한 파도는 두 방파제에 부딪혀 잘게 부서졌다.

노인은 흰색 등대가 서있는 오른쪽 방파제의 끝으로 가서 앉았다. 뒷산 위로 떠 오른 해가 긴 등대 그림자를 만들었다. 그림자의 반은 방파제 석축을 넘어가 잔물결이 찰랑대는 바다 위에서 어른거렸다.

노인은 낚시 가방을 등대 하단에 던져 놓고 낚시가 귀찮은 듯 채비를 펼 생각도 않고서 엉덩이를 석축에 붙이고 앉아 먼 수평선을 바라보았다. 해뜨기 전에 감성돔을 노려볼 양으로 어둑한 새벽에 나왔지만 물가에 앉으니 낚시할 마음이 사라졌다. 오늘따라 지난 세월의 구차한 기억들이 갯바위 날파리 들러붙듯이 연달아 머릿속에 떠올랐기 때문이다. 어떤 일은 어금니가 시릴 만큼 부끄러웠다.

'젠장. 좀 잘할 수 없었냐?'

노인은 아침 햇살이 물결 위에서 번쩍거리는 걸 바라보았다. 남의 마음을 꽤나 아프게 하며 살았단 생각이 들었다. 젊어서 죽은 마누라를 생각하니 눈물마저 찔끔 났다.

'지금 와서 후회하면 뭐 하나. 이 늙은 놈아.'

노인은 등대의 그늘 밑으로도 가서 앉지 않았다. 요 며칠 비가 오락가락했기 때문에 오늘 아침엔 햇살이 반가웠다. 또 이 시각엔 살갗에 닿는 햇살이 견딜 만했다.

'얼굴은 이미 뱃놈처럼 시커멓게 그을렸는걸. 더 탈데가 없단 말이지 내 말은.'

주위에 사람이 없으면 노인은 혼잣말도 소리 내어

중얼거렸다. 오래전에 생긴 버릇이었다. 중얼대다 보면 엉뚱한 쾌감이 느껴졌다. 연극배우라도 된 기분이랄까. 혼자 내뱉은 말을 음미하곤 스스로 감격하기도 했으니까. 중얼대는 거, 이거 괜찮은 버릇이야. 남들은 나를 미친놈으로 생각하겠지만.

'흠. 그러거나 말거나.'

노인은 이 말을 큰 소리를 내어 중얼거렸다. 그리곤 제풀에 놀라 뒤를 돌아보았다. 당연히 아무도 없다. 뭐가 겁나 뒤돌아보냐, 이 늙은 놈아. 창피한 건 아는군. 노인은 멋쩍게 웃으며 목구멍에 고인 가래를 힘껏 뱉어냈다.

★───

혼자 중얼거리는 우스꽝스런 인물, 〈명랑한 삐에로〉가 어느 날 방학동 동네에서 시인이고 소설가이고 영문학과 교수이고 한국셰익스피어학회 회장이며 연극배우이자 연출가인 한 멋진 인물, 〈도봉구의 거물〉을 만난다. 바로 박정근 소설가. 아마도 그는 내게서 광대끼(?)를 눈치챈 모양이다. 그가 나를 셰익스피어 연극배우로 초빙한다.

도봉구 방학동에 위치한 김수영문학관의 운영위원인

박정근 교수는 개관 당시 주변에 사는 문학인들을 규합
해서 김수영문학회를 만들었다. 방학동의 터줏대감인
내가 빠질 수는 없는 노릇. 제일 연장자이다 보니 소설
가인데도 내가 초대 회장이 되었다. 박 교수는 진보적
이고 두주불사여서 나하곤 완전 의기투합이었다. 젊어
서 연극배우를 했지만 배우론 먹고살기가 힘들어 대학
에 진학해 교사가 됐고 후에 박사학위를 취득해 영문학
교수가 됐다. 가곡을 기막히게 잘 부르는데도 음악인들
이 인정해주지 않는다고 대학원에 들어가 성악 석사 학
위를 취득할 만큼 열정적이다. 남동생이 그 유명한 〈솔
아 솔아, 푸른 솔아〉를 지은 故 박영근 시인이다. 본인
도 시로 등단했고 나중엔 또 소설로도 등단했으니 그야

말로 〈정체성의 대충돌〉이 일어날 만하다. 내가 박 교수에게 물었다.

"대체 박 교수의 정체성은 뭡니까? 성악가요? 아니면 시인? 소설가? 교수는 직업일 테고."

박 교수가 대답했다.

"나는 연극배우로소이다!"

어느 날 타고난 연극배우 박 교수가 내게 물었다.

"혹시 셰익스피어 영어연극에 출연해 볼 의향 없으성? 지난번에 술 한잔 먹고 영어로 햄릿 독백하는 걸 보니 거 장난이 아니던데. 매년 한국셰익스피어학회서 영어 연극을 하는데 금년엔 배우가 모자라서 걱정이우. 인문학이 쇠퇴하다 보니 셰익스피어 전공 교수가 줄어들어서 말이우. 규정상 셰익스피어 전공 교수들만 출연할 수 있지만 배우가 부족하니 외부인도 출연 허용해야 할 판이우. 연습(오디션) 한번 해봅시다."

아 하. 그 〈햄릿 독백〉! 내가 술에 취하면 노래 대신 신나게 읊어대던 그 햄릿 독백을 연극연출가로서 눈여겨봤다는 얘기렷다. 한국외국어대 영어과를 다닌 나는 영미 희곡 과목을 수강했고 셰익스피어 전공 교수가 중간고사와 학기말 고사에서 햄릿의 독백을 실기 테스트했다. 바로 그 유명한 "To be or not to be, that is the question (죽느냐 사느냐 그것이 문제로다)."와 "Frailty, thy name is woman(약한 자여, 그대 이름은 여자이니라)." 운율도 맞추고 연기도 잘해야 좋은 점수를 받지만 수줍음 타고 연기력이 없던 터라 나는 B학점을 받았다. 그때 그 교수님 왈: "햄릿 독백 두 개만 잘 외우고 있으면 인생 살아가며 사업 실패나 실연같이 힘든 일 당할 때 큰 위로가 될 것이다." 아무리 유명한 햄릿 독백이어도 첫 행 이하 7, 8행까지 외워서 독백한 사람은 셰익스피어 배우가 아니곤 내가 처음이었을 것이다.

To be, or not to be, that is the question:

Whether 'tis nobler in the mind to suffer

The slings and arrows of outrageous fortune,

Or to take arms against a sea of troubles,

......

사느냐 죽느냐 그것이 문제로다.

미쳐 날뛰는 운명의 돌팔매와 화살을 맞고도

그 고통을 감내하며 사는 것이 고귀한 일인가

아니면 바다와도 같은 고통에 대항해서 칼을 들어 맞

서 싸우는 것이 더 고귀한 일이냐......

나는 그 해(2018) 셰익스피어 영어 연극 〈베로나의 두 신사 Two gentlemen of Verona〉에서 돈 많은 속물 귀족 역을 맡았고 다음 해(2019)엔 〈헛소동 Much Ado〉에서 유쾌한 왕 역으로 연속 출연하여 〈셰익스피어 연극배우 Shakespeare Kids〉가 된다. 대학로 극장에서 공연했다 해서 〈대학로 배우〉라는 칭호(?)도 얻는다. 과장, 뻥튀기하기를 좋아하는 나는 이후 연극배우인양 폼을 잡고 으스대며 지낸다. 뜬금없이 한국소설가협회에 〈소설가 극단〉 창단을 제안하지 않나 박정근 교수가 창단한 시민 극단의 대표직도 맡는다. 내게도 정체성 충돌이 벌어질 판. 보다 못한 김성달 작가(소설가협회 상임이사)가

"소설가가 소설은 안 쓰고 몸뚱이만 놀릴 거요?" 한다. 하하. 그러던 중 코로나19 사태가 닥쳐왔고 연극에 대한 꿈과 모든 계획은 일시에 중단되고 만다.

나의 단골 바다 낚시터인 거제도 최남단 해금강 갈곶리 마을.

저녁이 되자 동네 젊은 아낙네 서너 명이 동네 마트점 야외 테이블에 모여 술 한잔하며 즐겁게 이야기꽃을 피우고 있었다. 한 발 떨어져서 파라솔 테이블에 노트북을 펴놓고 잔뜩 폼을 잡고 앉아있는 턱수염 기른 한 남자를 힐끗힐끗 훔쳐본다. 마트 여주인이 말한다.

"저분은 소설가야. 여기 단골이셔."

소설가? 어째 시큰둥한 반응들이다. 내가 미소 지으며 눈인사를 보내자 한 아낙네가 청한다.

"여기 소라하고 소주 한잔하실래요?"

마다할 순 없지. 기다리던바 나는 날름 소주 한잔을 받아 마시고 자연산 소라 한 점을 초고추장에 듬뿍 찍어 먹는다.

"뭐 하시는 분이시라고요?"

소설가란 말엔 모두들 시큰둥한 반응이렷다. 속 간지럽긴 해도 다음과 같이 자기 소개한다. 소설가 극단을 위해 생전 처음 써보고 있는 희곡을 잠깐 상기하면서.

"뭐, 소설을 쓰지만 연극 대본도 쓰고 배우도 합니다."

갑자기 와 하는 탄성. "어쩐지"하는 소리도 들린다. 모두들 호감 가득한 눈빛으로 나를 바라보며 여러 질문을 던진다. 배우가 이렇게 인기 짱일 줄이야! 나는 대충 거짓말, 과장을 섞어 자기 자랑을 늘어놓았다. <대학로 배우>란 말도 빼놓지 않고. 비록 한 번 출연했지만 사실이니까. 나중에라도 실상을 알게 되면 어쩌지? 알게 뭐람! 하하. 지금도 그곳에 가면 해녀 한 분으로부터 물질해서 캐 온 자연산 소라를 얻어먹곤 한다.

북한산 그 산길,
그리고 〈독립군 영토〉

　　　－북한산 〈그 산길〉에 〈그 집〉이 있을 거라곤
상상하지 못했다. 한동안 폐허가 되었던 그 집
에 독립군 장군의 딸이 어린 손녀를 데리고 들어
와 살기 시작했다. 우리들은 그 집을 〈독립군 영
토〉로 명명했다.

　북한산의 그 산길은 지난 20여 년 동안 내겐 〈은둔의
길〉, 〈치유의 길〉, 그리고 〈소설의 길〉이었다. 그 산길
은 내게 제2의 인생을 살게 해준 길이다. 당시 나는 매일
같이 전날 쓴 소설을 프린트해 갖고서 그 산길을 올라갔
었다. 그 산길의 중턱쯤. 인적 없는 숲으로 들어가면 햇
살이 환한 나무 그루터기가 있다. 나는 그곳에 걸터앉아

간밤에 써놓은 글을 읽었다. 마법처럼 허점들이 눈에 보이고 전날엔 아무리 머리를 쥐어짜 내도 생각나자 않던 어휘나 구절이 떠올랐다. 소설의 마침표를 주로 이곳에서 찍었으니 그 산길은 내겐 〈소설의 길〉이었다.

외국 문학을 전공했던 나는 젊을 적에 우리나라 소설을 많이 읽지 못했다. 뒤늦게 이곳에서 한가로운 시간을 보내면서 한국 작가의 유명한 소설들을 찾아 읽었는데 예컨대 김승옥의 〈무진기행〉과 신경숙의 〈풍금이 있던 자리〉 같은. 〈무진기행〉은 나 자신의 기행이 많아선지 별 감흥이 없었다. 다만 그 〈풍금이 있던 자리〉. 지금도 기억나는 건 햇살 가득한 쓸쓸한 숲속에서 그 단편소설을 다 읽고 난 후 격한 감정을 억누르지 못하고 엉엉 울었던 일이다. 대체 무엇이 그토록 내 감성을 뒤흔들어 놓았던 것일까? 내가 그동안 문학의 전범으로 삼아 공부했던 오스카 와일드의 〈도리안 그레이의 초상〉이나 소울 벨로우의 〈훔볼트의 선물〉, 미시마 유끼오의 〈금각사〉, 다자이 오사무의 〈사양〉 같은 소설들에서 느꼈던

감동과는 전혀 다른…… 어찌 보면 한국인의 정서와 슬픔 같은 것에 처음으로 직면했던 게 아니었는지 모르겠다. 지금도 남에게 소설을 이야기할 기회가 생기면 신경숙의 〈풍금이 있던 자리〉와 〈엄마를 부탁해〉에 관해 몇 마디 언급하곤 하는데 이때마다 나는 제 슬픔에 겨워 울컥한다. 듣는 사람들이 의외로 냉담한 표정인 것에 머쓱했지만. 나의 첫 작품집인 『모래남자』에 실린 단편들은 이런 나의 심성을 많이 담고 있다. 나를 〈감성적인 소설가〉로 평했던 한 원로 여자 소설가는 내가 남자 작가로선 感傷的이고 눈물이 헤프다고 말하려 했는지도 모를 일. 어쨌건 나는 국내 소설가 중엔 신경숙 소설가를 가장 좋아한다.

세월은 흘러 이 북한산 산길에 큰 변화가 생긴다. 우

이령과 주변 등산로가 개방된 것이다. 오랫동안 우이령 주변의 산길은 한산하고 쓸쓸하기 짝이 없던 길이었다. 우이령과 왼쪽의 육모정 계곡 길과 그 위의 거북바위 능선 길과 송추 쪽으로 넘어가는 왕관봉 능선 길은 모두 입산 금지 구역이었다. 자연보호가 명분이었지만 북한의 무장 공비가 침투했던 루트와 겹친 게 주된 이유였을 것이다. 고교생 두 명이 이곳의 한 골짜기에서 텐트를 치고 야영하다 수색 중인 군인들에 의해 무장 공비로 오인 사살되는 끔찍한 사건이 벌어졌던 곳이다. 우이령 중턱에 데모 진압 전투경찰 부대가 자리 잡고 있는 것도 이유였을 테고. 이 바람에 이곳은 북한산 최고의 비경으로 보존되었다. 산 아래 동네에 사는 백수들이 몰래 숨어들어 가봄이면 진달래꽃 그늘 아래서 햇볕을 쬐고 여름이면 녹음 우거진 숲과 개울가에서 낮잠을 자며 마냥 게으름을 피울 수 있었던 최고의 쉼터였던 것이다. 마치 1800년대 미국 뉴욕주 허드슨 강가에서 살던 동네 백수이자 공처가였던 립 밴 윙클(Rip Van Winkle)이 산에 올라갔다가 정체 모를 남자들의 술을 훔쳐 먹은 후 잠깐 잠이 들었다 깨보니 20년의 세월이 후딱 흘러가 버렸다던 그 인적 없는 켓스킬(Catskill) 산처럼 세상의 모든 시름을 잊게 해주는 평안하고 한적한 숲이었다. 특히 왕관봉의 우이동 쪽 골짜기는 〈북한산 정원〉이라고 불릴 만큼 봄이 되면 온통 꽃동산이다. 거북바위 능선의 전망대에 서면 좌우로 북한산과 도봉산 전경이 장엄하게 펼쳐진다. 설악산 만경대 못지않은 풍경. 오랜 출입 금지 조치 때문에 이 구역은 북한산 국립공원 중 가장 온전하게 보존된 지역이 되었다. 앞서 언급한 〈그 집〉은 바로 우이령 입구, 왕관봉이 머리 위로 우뚝 솟아있는 숲속에 숨죽이며 자리하고 있다. 나중에 안 일이지만 이 집은 만주 벌판에서 항일무장투쟁을 벌였던 독립군 박영선 장군이 해방 정국에서 좌절하여 이곳 산골짜기로 은둔해서 울분에 찬 말년을 보내다 생을 마감한 곳이다. 독립투사의 식구들은 존중은커녕 오히려 주위의 눈총과 핍박을 받다가 가난을 이기지 못하고 뿔뿔이 흩어졌다. 옛집은 무너지고 이십여 년 동안 집터만 남아 있었다. 그러던 이곳에 금년 초 독립군 장군의 넷째 딸이 다시 올라와 움막 같은 집을 짓고 살기 시작한다. 시인이고 암벽등반가인 그녀는 다섯 살 외손녀와 단둘이서 살고 있다. 독립군 유공자 자녀에 대한 생활지원금이 이 손녀에게 지급되고 있어 가능한 일이었다.

십 년 전 우이령이 개방되자 나는 반대쪽인 도봉산 쪽의 방학능선이나 무수골 능선을 주요 산책 코스로 삼았다. 그러던 중 2020년 5월의 어느 날 경기도 포천 소재 대진대 영문학과 교수인 박정근 소설가가 제자 중에 늦공부를 한 여성이 장편소설을 써서 지도교수와 함께 출판기념회를 마련했다면서 나를 초청했다. 그날 나는 〈아버지의 나라는 없었다〉를 쓴 박명아 소설가를 처음으로 만난다. 박명아 작가는 박영선 독립군 장군의 셋째 딸이었다. 그녀의 소설을 읽고서 우리는 큰 충격을 받았다.

조국의 독립을 위해 만주벌판에서 목숨 걸고 싸웠던 열혈 독립투사들이 어떻게 해서 파란만장한 삶을 살게 되는지 그 과정이 실감 나게 전개됐기 때문이다. 무엇보다 독립군 자손들이 해방정국과 한국 전쟁 속에서 어떤 희생을 치렀고 이후 산업화를 통해 번영 발전하는 대한민국 사회에서 어떻게 소외됐는지를 알게 된다. 박명아 작가의 안내로 박정근 교수와 나는 소설의 배경인 우이령 입구에 있는 〈그 집〉을 찾아간다. 그리고, 집 주변의 경관에 다시 한번 탄복하고 독립투사 후손들의 생활 실상에 분노한다. 지난 세월 주변 상인들에 의해 숲속의 맹지盲地로 구획정리 됐고 이로 인해 수돗물조차 공급받을 수가 없게 된 고립된 집터로 전락해버린 현실이 이해하기 힘들었다. 맙소사! 이럴 수가. 나와 박정근 교수와 김수영문학회 회원들의 가슴 속엔 독립투사들에 대한 각성이 뜨겁게 타올랐다. 우린 이곳을 〈독립군 영토〉로 명명하고 이곳에 야외무대를 설치하기로 의기투합한다. 김원웅 광복회 회장을 만나 우리의 계획을 설명하고 많은 격려를 받는다. 이곳에 〈독립군 영토〉란 깃발을 걸고 연

극과 음악회 등 각종 의미 있는 행사를 개최했으면 좋겠
단 생각을 해본다. 독립군 장군 박영선의 파란만장한 일
대기를 연극 무대에 올리는 날이 가능할는지…… 여기
엔 유가족의 의지와 주변 사람들의 계속적인 지원이 필
요해 보인다.

칸트와 나

"안녕하세요. 작가 선생님. 산에 가시는군요."

동네의 한 나이 든 남자로부터 이런 다정하고 정중한 인사를 받고 기분이 업 되어 이 글을 쓴다.

이 남자는 도봉구 방학동 연산군묘 옆에 있는 〈북청〉이란 이름의 돼지고기 생고기집 사장이다. 1970년대까지 우이동 방학동 간의 산길은 서울의 오지여서 우리나라 최초의 택시강도가 며칠간 숨어 있다가 잡힌 곳이다. 이 시골길 같은 도로변에 있던 한 구멍가게가 5, 6년 전에 드럼통 숯불 돼지 생고기집으로 바뀐다. 한데 이게 완전 대박을 친다. 본인도 약간 얼떨떨해 있는 것 같다. 나이는 65세 정도. 외모는 어디를 봐도 시골스런 남자. 여든 살이 넘은 할머니가 식당 입구 화덕 옆에 앉아서 숯불을 만들어 연신 식당 안으로 퍼 나르는 늙은 아들을 대견한 듯 자랑스러운 듯 애정 어린 눈길로 지켜본다. 1985년에 이 동네로 이사 온 나는 산에 오가는 도중 가끔 이 허름한 구멍가게에 들러 물건을 사곤 했었는데 어둑한 가겟방에서 엉거주춤 밖으로 나오던 그 어머니의 모습을 기억한다.

  그날 아침 나는 한 문예지의 권두언에서 오늘날 작가들은 그다지 특별한 존재로 대접받지 못한다는 글을 읽은 터였다. 〈작가〉들은 독자들에게 예전과 같은 일종의 〈신비감〉 같은 걸 주지 못하는 쓸쓸한 처지가 됐단 내용이었다. 독자들은 작가를 특별한 존재라기보단 〈너와 내가 모두 마찬가지인 사람〉, 그래서 〈작품도 보통 사람이 쓴 별것 아닌 글이려니 여긴다〉는 내용이었다. 작품과 작가가 피상적으로만 연결돼 있다 보니 신비감이 사라졌단 뜻이었다. 글쎄. 신비감이란 게 애초부터 있었는지 잘 모르겠지만 내겐 그보단 〈물질이 정신을 압도〉하다 보니 옛날부터 유명한 작가이거나 베스트셀러를 냈거나 TV 프로에서 인기 짱인 유시민 같은 작가가 아니면 존경심은커녕 호기심조차 보이지 않는다는 의미로 더 읽혔다. 실제로 내가 사는 구에선 자동차 공업사 사장이 구청 문화원의 원장이 된 적이 있었다. 유치원 원장 같은 동네 사업가들이 내빈석에 앉아 폼을 잡지만 동네에 몇 안되는 소설가는 참석한다 해도 그 존재조차 거론되지 않는다. 작가, 소설가에 대한 세상인심이 이러하니 이 돈 잘 버는 생고기집 사장이 머리 숙여 정중히 인사를 할 때면 나는 황송하기도 하고 감격한 나머지 정중하게 답례를 한다. 인근에 있는 〈김수영문학관〉 행사에 참가한 작가들과 함께 이곳 식당에서 회식을 한 바람에 그 사장은 내가 동네에 사는 소설가란 걸 알게 되었다. 아마도 젊었을 적엔 문학을 좋아했었는지도. 나를 보면 작가 선생님, 작가 선생님 하며 깍듯이 예우하니 말이다. 그날도 식당에서 쓸 배추를 입구에 잔뜩 싸놓고 다듬다가 등산복을 입고 다가오는 나를 보자 몸을 일으키며 반갑게 인

사를 하는 것이었다. 날씨가 추워 목도리로 얼굴을 칭칭
싸매고 있었다.

"작가 선생님. 산에 가시는군요."

"김장하시는가 보죠."

"하필 이렇게 추운데 김장을 하게 돼서……"

"제가 어렸을 때도 어머니가 김장하신다고 날 받은 날
은 꼭 추워지곤 했어요."

"하하. 맞아요. 커피 한 잔 드릴까요?"

"아니 됐습니다. 바쁘신데. 그냥 갈게요."

녹았던 눈이 다시 얼어붙은 산길을 오르면서 나는 그
사장이 날 보면 꼭 〈작가 선생님〉이란 호칭으로 인사하
는 것에 일종의 자기 도취감에 빠지고 말았다. 그래서 나
는 내가 마치 동네 길을 규칙적으로 산책했다는 철학자
칸트라도 된 양 〈숭고한 정신세계〉에 빠져들었다. 하하.
동프로이센의 한 소도시에서 태어나 그곳에서 한 발짝도
벗어나지 않고 죽을 때까지 살았다고 하는 칸트는 세상
을 두루두루 돌아다녀 보지 않고서도 〈세계인〉이란 개

념어를 창안해낸 걸 사람들은 신기하게 생각했단다. 게다가 칸트는 철학 박사학위를 따고서도 철학보다 지리학에 더 두각을 나타내서 대학에서 지리학 특강을 할 때면 동네 사람들도 몰려와 수강했다고 한다. 아프리카 대륙이며 히말라야산맥 등 그런 델 생전 가 본 적도 없으면서 지리학에 천재적인 재능을 발휘한 건 대체 어찌 된 영문인지 모르겠다. 그런 칸트가 정해진 시각에 집을 나와 산책을 하면 동네 사람들은 시계를 맞추고 존경의 표시로 모자를 살짝 들어 올리고 목례하며 인사했다는 소문.

"안녕하세요, 칸트 선생님. 오늘은 햇살이 따뜻합니다."

그래서 나는 이 글의 제목을 〈칸트와 나〉로 달았다. 글 제목이 매우 그럴듯하단 생각이 든다. 나는 2010년에

장편소설을 한 편 썼는데 제목을 『헤밍웨이와 나』라고 정했다. 솔직히 말하면 프랑스 소설 『케네디와 나』(장 폴 뒤부아)에서 힌트를 얻어 제목을 지었었다. 또한 나는 내 첫 번째 소설집의 제목을 일본의 실존주의 소설가 아베 고보(1924~1993)가 쓴 〈모래의 여자砂の女〉에서 힌트를 얻어 『모래남자』로 정했다. 〈청어〉출판사에서 만든 이 두 책은 표지가 멋있기도 했지만 제목이 특히 내 맘에 쏙 들었다. 한데 책 제목을 보고 질투심에 사로잡힌 단짝 친구가 "야 임마. 니가 한 게 뭐 있다고 헤밍웨이를 끌어대냐?" 하고 말했던 일이 생각난다. 공분인지 질투인지 씩씩거리던 친구의 얼굴 표정이 떠오르면 미소가 절로 지어진다.

칸트와 나. 오늘 아침 나는 철학자 칸트를 정신적인 동업자로 여기며 칸트처럼 부드러운 미소와 진지한 표정을 지으며 방학동의 조용한 숲속 길을 산책한다. 독자들이 내게 신비감이나 존경심을 못 느껴도 상관없다. 내가 소설가인 〈나〉에게 신비감과 존경심을 품고 있으니까.

우리 동네 최고의 산책길
우이천 둘레길

우리 동네에서 으뜸 산책길은 어디일까? 나는 우이천 둘레길을 최고로 친다. 도봉구의 한 안내 책자엔 〈낮에도, 밤에도 걷고 싶은 길〉로 소개됐지만 나는 단연코 해거름 땅거미 질 때가 최고라고 생각한다. 언젠가 한 번 수유동에 있는 영화관에서 영화를 관람한 후 우이천변에 있는 〈해물짬뽕〉 식당에서 이과두주 한 병을 마신 후 어둠이 내려앉으면서 이제 막 가로등이 켜지기 시작하는 우이천 둘레길을 따라 북한산 아랫마을인 우이동까지 걸어갔었다. 이곳에서 시루봉 언덕길을 넘어 내가 사는 방학동의 신동아 아파트로 돌아오는 귀갓길인데 땅거미가 지는 때의 이 길은 정말이지 눈물겹도록 아름답고 정겨운 길이다. 이후로 나는 적어도 한 달에 한 번은 이 환상의 조합 같은 〈酒醉 귀갓길 산책〉을 실행한다.

그렇다. 어스름 땅거미가 내려앉는 우이천 둘레길은 서울에서도 가장 아름다운 산책길 중 한 곳이 아닐까 싶다. 우이천 좌측의 일반 주택들 위로 솟은 북한산의 만경대와 백운대와 인수봉 그리고 좌우의 연봉들을 감상하며 걷다가 중간 지점인 덕성여대 정문에 이르면 주변 풍광이 확 바뀐다. 캠퍼스 앞의 우이천 근화교 난간에 기대서면 멀리 동북쪽 하늘 아래로 도봉산의 기암 절경의 정상 봉우리들이 해거름에 붉은색으로 물들

어가는 것이 보이는데 이 풍경이 실로 기막히다. 주택가 불빛들이 가득해지는 우이동 산골 마을 위로 솟은 북한산의 삼각 봉우리는 시커먼 산덩어리로 모습을 바꾸면서 주변을 압도하기 시작한다. 우이천은 총길이가 8.5km나 되는 긴 계곡 천으로 북한산과 도봉산의 경계인 우이령(소귀고개)에서 발원하여 우이동 쌍문동 수유동의 동네 하천으로 흐르다 중랑천을 만나 한강으로 흘러 들어간

다. 최근 오랫동안 낙후됐던 산골마을 우이동의 변모가 눈부시다. 3년 전에 신설동 우이동 간 경전철이 들어섰고 최근엔 북한산 아래 파인힐(Pine Hill)이 있던 자리에 대규모의 호텔식 콘도가 들어섰다. 우이령으로 올라가는 길목에 있는 우이공원 음식문화촌 입구엔 가족 캠프촌이 조성됐다.

우이천의 중간 지점인 수유동의 한일병원 정문 옆에 〈해물짬뽕집〉이 문을 연 건 5, 6년 전쯤의 일이다. 굴과 전복 등 각종 해물을 조합한 다양한 해물짬뽕 요리가 전문인 식당인데 손님 유인책으로 짜장면을 3,000원의 염가로 제공해서 짜장면을 좋아하는 나는 점심때 자주 들러 짜장면을 사 먹었다. 아내가 손주들 돌보러 평일엔 아예 딸네 집에 가서 살던 지난 몇 해 동안 나는 시내

곳곳을 혼자 배회하다가 저녁이 되어 귀가할 때면 텅빈 집에 그냥 들어가기가 뭐해 이 식당에 들러 해물짬뽕을 시켜놓고 이과두주한 병을 혼자서 다 마셔버리곤 했다. 독한 술에 알딸딸해지면 나는 우이천변의 〈가로등도 졸고 있는〉 밤길을 이리 비틀, 저리 비틀거리며 방학동 집까지 걸어

갔다. 고량주나 이과두주를 한잔 마신 날이면 이상하게
도 아내와의 옛 추억이 떠오르곤 했다. 왜일까. 젊은 시
절 아내와 연애하던 때, 전주가 고향인 아내가 서울로 유
학와서 자취하던 동네까지 뒤따라가서 인근에 있는 중국
집에서 해물잡탕이나 군만두를 시켜놓고 고량주를 마셨
던 기억이 떠올랐기 때문인지도. 프루스트의 〈잃어버린
시간을 찾아서〉에서 처럼 고량주의 냄새가 그때 그 시절
을 생각나게 하는 것인지도. 지금 생각해 보면 아내는 내
가 술에 취해 밤늦게 귀가하는 것엔 다소 관대했던 것 같
다. 왜일까? 나는 결혼 후 아내가 체념하듯 혼자 푸념하
던 소리를 지금도 기억한다. "술 마시다 정들어 결혼했으
니 할 말은 없다만……." 그래선지 나는 술 마시고 이 길
을 걸어서 집으로 돌아올 때면 옛 추억이 떠올라 노래를
흥얼거린다. 늙어가며 생긴 버릇이다. 늙으면 다시 옛날
로 돌아간다지 않은가.

  "공 굴리며 좋아했지,

  술 마시며 사랑했지."

밤이라 인적은 드물고 나는 남 눈치 볼 것 없이 연극
배우처럼 술 취한 남자 행태를 맘껏 연기하듯 하며 걷는
다. 노래를 흥얼거리고 혼자 킬킬 중얼거리며 걷는 재미
가 얼마나 쏠쏠한지는 해 본 사람만이 안다. 물론 사람
이 다가오는 기척이라도 있으면 얼른 입을 다물고 자세
를 바로 한다. 어둠이 익명성을 보장해준다 해도 인격과
체면이 있는 법. 하늘엔 노을도 사라지고 어둠이 짙게 스
며드는 북한산의 영봉과 왕관봉의 어둑한 봉우리가 보
이기 시작하면 내가 사는 신동아 아파트 동네로 넘어가
는 자동차 도로와 계단으로 이어진 컴컴한 산길이 있는
갈림길이 나타난다. 산골마을이라서 벌써 인적도 끊기
고 오고가는 자동차 불빛들뿐이다. 이 산길은 밤중엔 으
스스해서 언젠가 술을 마신 후 무슨 용기가 나선 지 과감
히 지름길인 이 산길을 택했다가 혼쭐이 난 뒤로는 밤에
는 절대 가지 않는다. 밤 부엉이 소리까진 안 들려도 〈멧
돼지 조심〉 간판에 은근히 겁도 나고 북한산 둘레길 중
〈왕실 묘역〉 구간이라서 곳곳에 폐허가 된 산소 자리가
있어 오싹한 기분이 들었기 때문이다. 산을 허물어 도로

를 냈다가 최근에 다시 생태 길을 복원하느라 터널이 생긴 산 아랫길 도로를 마음 편히 걸어간다. 언덕을 넘어가면 연산군 묘가 나타나고 담장을 끼고 돌면 최근에 연달아 지어진 멋진 단독 주택들의 불빛이 보인다. 키 큰 소나무들이 조명등에 고즈넉한 정취를 자아내는 원당공원의 정자에서 잠시 숨을 돌리면 그 너머로 신동아 아파트 단지의 불빛들이 술에 취해 산을 넘어온 한 대책 없이 명랑한 늙은이를 정답게 맞이한다.

포토에세이

방학동 명소

김수영 시비

김수영 문학관이 있는 방학3동의 산책길은 김수영 시인의 거리라고 해도 과언이 아니다. 모더니즘적인 이미지와 기막히게 잘 어울리는 런닝셔츠 바람의 시인의 모습을 그의 난해한 시 구절과 함께 산책길 곳곳에서 만난다. 김소월 윤동주 같은 서정 시인들의 시에 익숙해 있던 주민들은 이 자유 시인을 마주할 때마다 어떤 생각을 할까. 나는 이 점이 항상 궁금하다.

한옥 도서관

원당 공원 옆의 넓은 농경지는 국립공원에 바로 접한 토지여서 오랫동안 개발이 멈춰 있었다. 최근에 이곳의 한 모퉁이에 이름도 생소한 한옥도서관이 들어선다는 공사 안내판이 세워지더니 2022년 봄에 건물이 완성되어 개관할 예정이다. 어떤 모습으로 탄생할지 사뭇 궁금하다.

<파라스파라> 호텔콘도 옥상 수영장

북한산 인수봉에서 동쪽방향으로 뻗어간 능선엔 영봉과 왕관봉 장군봉 오봉 등의 아름다운 바위 봉우리들이 있다. 이곳은 상장능선으로 동양화가들이 즐겨 찾아와서 바람에 휘어진 소나무와 멋지게 어우러진 암벽 봉우리를 그리는 곳으로 유명하다. 북한산의 한가운데 능선에서 바라보는 풍경이라서 산 아래서 바라보는 북한산 도봉산의 풍경과는 사뭇 다르다. 이곳은 오랫동안 입산 금지 구역이었던 관계로 자연보전

도 잘 돼 있다. 얼마 전 우이동엔 새로운 호텔식 콘도가 들어섰고 한 객실동의 옥상엔 사진에서 보는 노천 수영장이 있다. 이곳에선 인수봉 영봉 왕관봉 능선이 얼마나 아름다울지…투숙객에게만 입장 허용된 것이 아쉽다.

키웨스트 카페

2002년 12월 나는 아내와 함께 미국 플로리다 주까지 여행을 갔지만 크리스마스 휴가철로 관광버스 기사가 모두 쉬는 바람에 헤밍웨이의 〈노인과 바다〉로 유명한 미국의 땅 끝 마을 키웨스트를 찾아가지 못했다. 큰 아쉬움으로 남아 있었는데 몇 년 전 동네의 아늑한 산기슭에 키웨스트란 이름의 카페가 들어섰다. 따뜻한 봄날이 오면 이층 테라스의 파라솔 밑에 앉아 책을 보는 척 낮잠을 자거나 먼 산을 바라보며 멍을 때리곤 한다.

단편소설

M

M

1

제주항의 거대한 방파제 위에서 광대한 하늘을 올려다본다. 서쪽 수평선 너머로 넘어간 태양이 낮게 뜬 구름의 밑자락을 붉게 물들이고 있었다. 잔물결 이는 바다는 검은색으로 변해갔다. 테트라포드가 겹겹이 쌓인 방파제 위로 어둠이 내려앉기 시작했다.

동쪽 하늘로부터 비행기가 쉴 사이 없이 날아왔다. 제주공항 활주로에 맞춰 고도를 낮추며 날아 온 비행기들이 방파제 바로 위를 굉음을 내며 날아갔다. 비행기 도착 러시아워였다. 관제탑이 불과 10분 정도의 간격을 두고 비행기를 착륙시키고 있음을 알았다. 비행기 한 대가 공항 쪽으로 내려앉으면 곧바로 저 멀리 어두운 하늘에 별처럼 반짝이는 불빛이 보였다. 별인가 싶더니 얼마 안 가 전조등을 켠 커다란 비행물체가 되어 바로 눈앞을 날아갔다. 그 모습은 장엄하기조차하다. 육지에서 날아왔을 탑승객은 등불이 켜진 제주의 해안 마을과 배들이 정박해 있는 제주항과 양쪽으로 길게 뻗은 방파제를 내려다보고 있을 것이다. 비행기를 볼 때마다 나는 특별한 감흥을 느꼈다. 만끽하고 싶은 자유와 낭만주의에 대한 열망 같은 것. 젊을 적 보헤미안이었던 시절의 추억들. 그 시절 마음에 품었던 아나키즘에 대한 향수 같은 것도. 그리고 지금, 나는 불현듯 M을 떠올렸다. 3년 전의 그날과 오늘 내 눈 앞에 펼쳐진 바다와 하늘의 광경이 너무도 흡사했기 때문이다. 어두운 먼 하늘로부터 반짝이며 쉴 새 없이 날아오는 비행기까지도.

내가 M을 처음 만난 건 3년 전 바로 이 계절의 어느 날, 땅거미가 내려앉기 시작하는 제주항의 서부두 방파제 위에서였다. 동문 시장에서 떠온 생선회를 방파제 콘크리트 맨바닥 위에 펼쳐놓고 혼자서 막걸리를 마시려던 참이었다. 육십 넘은 남자였으니 남들 눈엔 무슨 청승인가 싶었을지도 모르겠다. 한 젊은 남자가 내게 말을 걸어왔다.

"비행기는 언제 봐도 신기합니다. 저 큰 게 나는 걸 보면요. 비행 원리는 학교에서 배워서 알고 있지만요."

내가 바다와 하늘을 향해 있던 시선을 돌리자 한 낯선 젊은 남자가 곁에 서 있었다. 반바지 차림에 낡은 등산화 차림이었다. 헐렁한 바짓단 밑으로 청결해 보이지 않는 무릎과 전갱이가 드러나 보였다. 내가 얼굴을 올려다보자 그가 수줍은 미소를 지으며 말했다.

"선생님께서 비행기를 정신없이 보고 계셔서 저도 따라서 바라봤습니다. 이 시간대가 비행기가 가장 많이 내리는 것 같아요. 어떤 땐 이쪽으로 비행기가 이륙하던데. 바람 부는 방향에 따라 바뀌는 것 같아요."

젊은 남자의 말로 보아 그도 이곳 방파제에서 비행기가 뜨고 내리는 광경을 자주 보았던 것으로 짐작되었다. 고개를 젖히며 젊은 남자를 올려다봐야 해서 내가 말했다.

"막걸리 한잔하지 않겠소. 마침 종이컵과 나무젓가락이 한 개씩 여분이 있으니 말이오."

젊은 남자가 사양하지 않고 옆자리에 앉는다. 그는 종이컵에 따라 준 막걸리를 마시는 둥 마는 둥 그대로 바닥에 내려놓는다. 나무젓가락을 받아들고서도 좀 전에 내가 그랬던 것처럼 동쪽 하늘을 응시하며 전조등을 켜고 다가오는 비행기를 바라보았다.

"저도 이곳에서 착륙하는 비행기를 보곤 했었는데 멀리서 반짝이며 다가오는 불빛을 본 건 처음입니다. 선생님이 그쪽을 오랫동안 응시하시기에 저도 덩달아서 바라보았어요. 어두워지니까 불빛이 보이네요. 별 같아요."

"맞소. 나도 우연히 오른쪽 하늘을 바라보다가 멀리 작은 불빛이 반짝이는 게 보였소. 처음엔 별인가 했는데 점점 다가오더니 헤드라이트를 켠 비행기가 날아오더군요. 비행기가 내려앉고 곧바로 고개를 돌리면 저 멀리 또 별 하나가 보이는 거예요. 이렇게 멋질 수가. 관제탑과 비행기 조종사가 교신하고 있는 게 느껴집니다."

"아 하 그러네요."

젊은 남자가 작은 탄성을 질렀다. 나는 비로소 그의 얼굴과 행색을 살펴보았다. 신세대 젊은이들처럼 갸름한 얼굴이지만 햇빛에 몹시 그을려 있었고 머리도 길게 자라 있었다. 얼굴을 마주 대하자 눈빛이 맑고 순수해 보였다. 붉은색 계통의 긴팔 티셔츠에 등산조끼를 걸쳤지만 전체적으로 옷차림이 허름해 보여서 여행하는 사람이라기보단 막노동 일을 하고 있단 인상을 주었다. 내가 막걸리가 담긴 종이컵을 들어 마실 것을 권하자 그도 종이컵을 들어 입으로 가져간다. 바닥에 펼쳐 놓은 생선회를 먹어보라고 권했다.

"혼자 여행하다 보면 횟집에 가서 사 먹기가 뭣해서 말이오. 비싸기도 하고. 그래서 시장에 가서 회를 떠다 이렇게 방파제 위에 앉아서 먹는다오. 젊은이는 제주 사람은 아닌 것 같은데."

"네. 집은 서울인데 제주에 와서 노가다 일을 하고 있습니다. 이왕 노가다 하는 거 바다가 있는 제주도에 와서 하면 좋겠단 생각을 했습니다."

젊은 남자는 요새 제주도에 건축 붐이 일어 일거리가 많다는 이야기를 했다. 건설 현장에서 막노동 일을 하고 있음을 스스럼없이 이야기했다.

"시내버스를 타면 제주도에 와서 사는 중국인들을 많이 봅니다. 중국인들이 제주도를 좋아하는 이유가 뭘까 궁금합니다. 북한 사람들은 제일 가보고 싶은 곳으로 제주도를 꼽는다면서요. 따뜻한 남쪽 나라라고 생각해서요."

"아 맞소. 아주 오래전에 북한에서 일가족이 배를 타고 남한으로 넘어왔는데 도착하자 일성으로 따뜻한 남쪽 나라에서 살고 싶다고 말했던 걸 기억해요. 한데 그 사람들 제주도에서 살지 않고 이민 갔다고 하던데. 아마 미국의 하와이나 LA로 가서 살고 있는 게 아닐까 싶소."

"제주도는 겨울엔 춥거든요. 바람 때문이죠. 선생님은 여행을 많이 하십니까?"

"글쎄. 항상 어디로 여행 떠나고 싶지만 그게 쉬운 일은 아니라오. 뭐랄까, 관성 같은 게 있어서 말이오. 별것도 아닌 일상에 발목을 잡혔다고나 할까. 그걸 끊기가 쉽지 않다오. 게다가 돈벌이가 신통치 않으면 여행은 꿈도 못 꾸지."

노가다를 한다는 사람 앞에서 돈 이야기를 꺼낸 건 뭐했단 생각이 들었다. 젊은 남자는 내 말에 무언가를 생각해보는 표정을 짓는다. 그가 입을 열었다.

"네. 오늘날엔 돈이 자유니까요."

그의 진지한 대꾸에 이번엔 내가 머쓱해졌다. 젊은 남자에 대한 호기심이 커지며 나는 그의 행색을 꼼꼼히 살펴보았다. 바다가 좋아 제주에 내려와 막노동을 하고 있다지만 나이나 인상으로 보아 서울에서도 할 수 있는 딴 일이 있을 법해 보였다. 그는 나이 서른은 족히 넘어 보였다. 그에겐 직업이 따로 있을 것 같단 생각이 들었다.

"노가다를 한다 했는데 지금 무슨 일을 하고 있소? 막노동할 사람 같지 않은데."

"힘든 일은 잘 못합니다. 기술이 있는 것도 아니고요. 인테리어 보조로 일하고 있어요. 이 일을 해보니 정식으로 목수 일을 배워볼까 생각 중입니다."

"목수?"

"집 짓는 일요. 일거리가 많아 굶지는 않을 것 같아서요."

젊은 남자가 멋쩍게 웃었다.

"목수는 멋진 직업인 것 같아요. 경치 좋은 곳에 아름다운 집을 짓는 건 근사한 일이잖아요. 내 집이 아니어도요."

"건축업을 하는 것과 인테리어 보조 같은 노가다 일을 하는 건 다른 것 같은데. 원래 무슨 일을 했소?"

"······."

"목수 일을 잘할 사람 같아 보이지 않아서 묻는 거요."

둘 사이에 침묵이 흘렀다. 젊은 남자는 어둠이 짙어지는 수평선 쪽으로 시선을 돌린다. 마침 불어온 해풍에 긴 머리가 휘날리자 양손으로 머리를 쓸어 올리며 젊은 남자가 말했다.

"목돈이 필요해서요. 한 일 년 동안 일 안하고도 먹고 살 수 있는 돈이 필요합니다."

젊은 남자가 겸연쩍게 웃는다.

일 안하고도 먹고 살 수 있는 돈? 젊은 남자가 놀고먹잔 뜻은 아니고요 하는 미소를 짓는다. 나는 나대로 젊은 남자의 말속에 내포된 실존적인 의미 같은 걸 생각해 본다. 내게도 비슷한 말을 입에 달고 살았던 한 시절이 있었기 때문이었다.

"그런 돈을 마련하면 젊은이는 대체 무슨 일을 하고 싶은 거요?"

이번엔 어색한 침묵이 흘렀다. 젊은 남자의 얼굴에 낭패감 같은 게 떠오르는 걸 나는 눈치챘다. 그는 한 손으로 턱을 괴고 허리를 조금 뒤로 젖혔다. 내가 속사정을 털어 놓을만한 상대인지 의심해 보는 것 같았다. 괜히 말을 섞었다는 후회 섞인 표정이 떠올랐다. 젊은 남자가 말했다.

"선생님은 어떤 일을 하시는 분인지 여쭤봐도 될까요?"

"나 말이오?"

나는 잠깐 망설였지만 곧 다음과 같이 말했다.

"옛날엔 소설가였더랬오."

젊은 남자가 눈을 동그랗게 뜨고 나를 바라본다. 나는 젊은 남자에게서 방금 전까지의 어색해하고 망설이는 표정이 사라지는 것을 눈치챘다. 몸속에서 밝은 기운이라도 솟은 듯 젊은 남자가 허리를 곧추세우며 상기된 얼굴로 묻는다.

"왜 옛날이라고 말씀하시죠?"

"그건 말이오. 젊은이."

설명하려니 말이 궁색해졌다.

"이를테면…… 요샌 사람들이 소설을 잘 읽지 않잖소. 나 같은 옛날 작가들은 이제 더 이상 신이 나지 않는다는 뜻이라오. 소설의 시대가 있었지만 '건 위드 더 윈드'(Gone with the wind)가 돼 버렸거든."

나는 서투른 발음이지만 영어로 말했다. 젊은 남자가 말뜻을 알아듣기를 희망하면서.

"선생님은 소설가시군요."

"내 소설이 읽히던 시절을 추억해본 거요."

"지금도 작품을 쓰고 계신가요?"

"옛날이란 말을 괜히 쓴 게 아니라오."

내겐 일종의 자조적인 농담이지만 이런 말을 하고 나면 괜한 소리를 한 것 같기도 하고 또 약간의 카타르시스 같은 기분이 드는 것도 사실이다. 이번엔 내가 고개를 돌려서 방파제 너머의 먼바다를 바라보았다. 젊은 남자도 덩달아서 무슨 생각에 잠긴 듯 입을 다문다. 전면에 펼쳐진 밤하늘과 맞닿은 수평선엔 야간조업을 하러 나온 어선들이 밝힌 환한 불빛들이 마치 일렬로 늘어선 것처럼 보였다. 제주항의 긴 방파제 안쪽으론 호텔들과 음식점들이 발산하는 휘황찬란한 네온사인 불빛이 명멸했다. 밤바다를 구경 나온 관광객들의 웅성거리는 소리가 등 뒤에서 들려왔다.

나는 최근 들어 전혀 소설을 쓰지 못하고 있다. 내겐 이젠 소설 쓰기가 힘겹기만 했다. 마치 거대한 벽과 얼굴을 맞대고 선 것만 같다. 나이 육십 넘게 살았으니 내가 삶과 세상 속에서 깨우친 무언가를 써야 할 텐데 그게 뭔지 잘 모르겠다. 사회적 실존감 같은 게 엷어졌기 때문인지 내가 쓴 글은 교감 없이 묘사된 세상처럼 현실감이 없고 낯설어 보였다. 세상은 〈진격의 거인〉처럼 밀려드는

데 나는 무장 해제된 노병처럼 속수무책이었다. 힘들게 써 놓은 글은 감정이 절제돼 있어도 문장은 밋밋했다. 맥 없는 글을 읽으면서 나는 내가 더 이상 이 변화무쌍한 세 상과 교감하지 못한다는 걸 깨달았다. 세상은 앞으로 달 려가고 나는 과거의 시간 속에 붙들려 있는 것이다. 세상 은 한발 앞서 떠나버린 버스처럼 나를 과거의 정거장에 남겨놓고 멀어져 갔다. 문득 내 글을 읽어줄 독자들도 모 두 함께 떠나 버렸음을 깨닫는다. 이런 제기랄. 어쩌다 이리됐을까. 글 쓰는 일을 영원히 포기한 사람처럼 나는 꽤 오래전에 책상머리에서 떠나 버렸다.

젊은 남자가 바닥에서 종이컵을 집어 올려 막걸리를 한 모금 마신다. 그는 자신만의 생각에 몰두한 채 다시 수평선 쪽으로 시선을 가져간다. 그는 무례할 정도로 오 랫동안 입을 다물고 있었다. 나는 그의 옆얼굴을 몰래 훔 쳐보듯이 바라보았다. 생각에 잠긴 젊은 남자의 얼굴 표 정에서 나는 딱히 알 수 없는 동질감이나 친근함 같은 걸 느꼈다. 노가다 일을 할 거면 바다가 있는 제주도에 내려와서 하는 게 낫겠다고 생각했다지만 왠지 다른 사연이 있어 보였다. 굳이 노가다란 말을 사용한 덴 어떤 심리적인 배경도 있어 보였다. 자신의 정체나 본질은 따로 있다는 자신감 같은 것? 아니면, 처한 현실에 대한 멋쩍음? 아니면 저항 같은 것? 글쎄, 헬 조선이란 유행어가 생길 정도이니 젊은이들이 서울에서 제대로 된 직장을 구하지 못해 이리저리 방황하는 것이란 생각도 해 보지만 왠지 이런 건 아닌 것 같다.

젊은 남자가 고개를 돌리며 불쑥 말했다.

"저는 연극의 대본을 썼습니다."

"아 젊은이는 희곡작가시군."

나는 자신도 모르게 탄성을 질렀다.

"하지만 선생님의 경우처럼 옛날이란 말을 덧붙여야 합니다."

"그건 왜?"

"이젠 아무 작품도 못 쓰니까요."

짧은 순간 나는 젊은 남자의 말투에서 분노나 좌절 같은 감정을 읽어냈다. 희곡을 쓰는 작가란 말에 자신도 모르게 젊은 남자 쪽을 향하여 몸을 돌려 앉기까지 했던 나였다. 제주항 방파제에서 내게 말을 걸어 온 한 낯선 젊은 남자가 극작가란 사실은 제주항의 방파제 위에 홀로 앉아 밤바다를 바라보며 막걸리를 마시려던 한 별 볼 일 없는 쓸쓸한 소설가에겐 특별한 위안처럼 여겨졌던 것이다.

"여기 와서 노가다 일을 하며 지내선 안 되는 젊은이구만."

"지난 몇 년간은 극단에서 적은 고료도 받았고 작품 현상공모에서 상금을 탄 적도 있습니다. 최근 들어 너무 힘들어졌어요. 제가 속한 극단은 파산지경이 됐고 다른 극단은 제 작품을 부담스러워하고요. 입에 풀칠하기가 힘들어졌습니다. 지금은 작품 안 씁니다. 아니, 아예 때려 칠까 생각 중입니다."

"저런. 하지만 희곡 작가란 게 원래……."

"알바도 하고 노가다 일도 하며 지냈는데 이젠 서울이 지겨워졌어요. 바다가 보고 싶어 제주에 와서 일하고 있는 중입니다."

"한데 젊은이. 노가다 해서 일 년인들 일 안 하고 먹고 살 돈을 모을 수 있을까 모르겠소. 숙소도 얻어야 할테고. 집세니 뭐 그런 걸 내고 나면 남는 게 뭐가 있을까 싶소."

젊은 남자는 자신에게 코웃음이라도 치듯 고개를 젖혀 어두운 하늘을 향해 헛기침을 했다.

"아닌 게 아니라 처음 제주에 와서 텐트 치고 지낸 적도 있었죠. 집세를 아껴보려고요. 지금은 제주시 변두리에 오래된 농가주택의 방 하나를 얻었습니다. 연세가 싸서 좋은데 제가 쓰는 화장실이 완전 재래식인데다 마당 끝에 있어서 아주 불편합니다. 허 허."

"공사장엔 어떻게 가고?"

"함께 일하는 사람의 차를 얻어 타거나 시내버스를 이용합니다. 제주도는 차가 없으면 불편합니다. 평소 걷는 걸 좋아했지만 노가다하면서 걷기란 힘이 들더군요. 하루에 5시간 이상을 걸은 적도 있어요. 신발 뒤축이 닳아 없어지는 걸 생각하면 돈 아끼려고 걷는 게 어리석은 일 같아요. 하하. 진퇴양난이에요."

젊은 남자가 이번엔 큰 소리로 웃는다. 자신이 처한 상황이 스스로 생각해도 어이가 없단 듯이. 컵에 든 막걸리를 한 모금 정도 마시곤 내려놓는다. 젊은 남자는 생선회를 별로 좋아하지 않는 지 거의 손을 대지 않고 있다.

"막노동하면서 글 쓸 시간은 있소?"

"집에 오면 곯아떨어져 자느라 바쁘죠. 그래서 일 년만이라도 글만 쓸 수 있게 돈이 필요하단 생각을 했습니다."

젊은 남자는 웃으면서도 진지한 표정을 놓치지 않으려고 노력한다. 그런 어색한 표정을 보면서 내가 말했다.

"육체노동이란 게 사실 작가에겐 시간 잡아먹는 하마인 거요. 나도 젊어서 한때 직장엘 다닌 적이 있었는데 아침마다 직장 때려 칠 궁리만 했었소. 뭐 시간이 나야 글을 쓰지. 허 허. 피곤하고 졸리면 글이 써지나. 마음은 점점 더 초조해지고 스트레스가 이만저만이 아니었지. 일도 많고 회식이다 뭐다 술도 마시고 그러다 보면 시간은 다 가버리는 거요. 결국 서서히 작가의 꿈을 접게 되고 말지. 작가에겐 노동으로부터 해방될 수 있는 돈이 필요하다고 생각하우."

　나는 이 젊은 극작가에겐 호구지책 정도는 해결할 수 있는 여윳돈이 필요한 것이라고 생각했다. 진퇴양난과도 같은 이런 현실은 과거나 현재나 많은 작가들이 겪는 고통일 것이다. 노가다를 하며 하루해를 보내야 하는 젊은 남자가 겪고 있을 스트레스와 초조감이 느껴졌다. 짓궂게도 이런 상황에 어울리는 에피소드가 떠올랐다. 나는 이 이야기를 젊은 남자에게 들려주면서 역설적이나마 그가 위로받기를 기대했다.

　"사르트르가 노동자는 아침에 일어나면 맨 먼저 자신의 운명을 목 졸라 죽여야 한다고 말했다더군. 작가가 매일 매일 노동을 해야 한다면 아침마다 이런 독백을 외워야 하지 않을까 싶소. 노가다를 할 것인가 책상머리에 앉아 글을 쓸 것인가. 그것이 문제로다. 하하. 작가에겐 글 쓸 수 있는 시간을 얼마큼 확보하느냐가 관건 아니겠소. 문학도 시간과의 싸움이요 사실. 젊은이. 일 년만이라도 글만 쓸 수 있게 돈을 빨리 모으기를 바라오."

　"사르트르도 노가다 한 적이 있을까요?"

젊은 남자가 여유를 보이며 미소 짓는다.

"글쎄. 젊었을 땐 어땠는지. 실존주의 철학자로서 노동자의 타율적인 삶의 조건을 이야기한 것이겠지. 철학이든 문학이든 뭔가를 해내려면 한가한 시간이 필요하단 의미가 아니겠소. 쇼펜하우어란 염세 철학자는 아들을 철학자로 만들려면 다른 한 손엔 꼭 예금통장을 쥐여주라고 말했다는군. 지금 젊은이에겐 바로 그 예금통장이 없어 문제가 된 거 아니겠소. 하하. 젊은이가 노가다 일하다 아예 목수가 돼 버릴까 봐 걱정이우. 희곡 작가는 내 평생 처음 만나 봤소. 끝까지 포기하지 마소. 젊은이."

"절 놀리시는 것 같지만 선생님이 소설가이시니까 기분 나쁘진 않네요."

"나도 비슷한 처지에 있어 봤기에 말하는 거요. 다 돈때문이지."

"그러게요."

"몇 년 전에 한 젊은 여자 방송작가가 굶어 죽어서 사회적으로 큰 이슈가 된 적이 있었잖소. 사람들은 왜 식당에 나가 알바라도 하지 않았냐고 비난하더구먼. 하지만 그건 뭘 모르는 소리. 알바하는 순간 작가하곤 멀어지는 건데. 그 여잔 한순간도 글 쓰는 사람의 정체성을 포기하고 싶지 않았던 거요. 차라리 작가로서 굶어 죽겠단 각오였겠지. 하지만 굶어 죽는 게 어디 쉬운 일인가. 결국은 노동으로 시간을 다 뺏길 거요. 이 점에서 작가에겐 빈둥거릴 돈이 절대 필요한 거 맞소. 옛날엔 예술가를 개인적으로 도와주던 메디치 가문이 있었잖소. 돈키호테처럼 공작부인이라도 있으면 금상첨화지만 말이오, 하하."

취기가 오른 내가 던지는 농담에 젊은 남자는 한숨을 내쉰다. 옹색한 마음이 드는지 두 다리를 오므리고 턱을 괴며 생각에 잠긴다.

"여자 작가가 굶어 죽자 문예복지기금 같은 게 생겼잖소, 젊은이는 문예지원금 같은 걸 신청해 본 적이 있소?"

젊은 남자는 대답하지 않는다. 내가 물었다.

"젊은이는 어떤 희곡을 썼소?"

이번에도 젊은 남자는 선뜻 대답하지 않는다.

"대학로에 나가면 길거리의 연극 게시판을 흥미롭게 들여다보곤 했소. 골목길 안에 그 많은 소극장들이 다 어

196
방학동엔 별이 뜬다

디에 위치해 있는지 모르겠지만 항상 십여 편의 연극이 공연되고 있습디다. 연극계엔 문외한이라서 잘 모르겠지만 그런 연극들이 수지는 맞추고 있는지 궁금합디다. 젊은 관객들을 겨냥한 섹스나 엽기적인 내용의 연극들도 꽤 많더군. 어떤 연극이 화제작이 됐단 뉴스는 본 적이 있지만 큰 수익을 올렸단 이야긴 들어본 적이 없는걸. 고작 십여 명의 관객을 두고 공연할 때도 있다던데. 배우도 먹고살아야 하고 극작가도 극단도 먹고 살아야 할 텐데 말이오. 문인들이 먹고 살기 힘들단 이야긴 이젠 뉴스거리도 안 돼. 연극은 오죽할까. 한데 연극은 돈을 투자해야 되잖소. 극단도 정부의 문예진흥기금 같은 걸 지원받겠지 물론?"

"그런 지원금이야 항상 있긴 하죠."

젊은 남자가 심드렁하게 대꾸한다.

"젊은이는 지원금 같은 걸 받아 본 적이 있소?"

"……"

젊은 남자가 막걸리를 단숨에 들이킨다. 내가 얼마 남지 않은 막걸리를 마저 따라주었다.

"이거 마시고 나서 제가 마트에 가서 사 오겠습니다. 선생님은 무슨 소설을 쓰셨나요?"

"장르를 묻는 거유? 연예 소설이냐 역사 소설이냐 아니면 사회적 문제를 다룬 소설이냐 그런 거?"

"선생님은 보수 성향의 작가신가요?"

"오호라. 좌파냐 우파냐를 묻는 거로군."

젊은 남자가 웃으면서 머리를 끄덕인다.

"난 적어도 보수꼴통은 아니오, 젊은이는 소위 좌빨인가? 노가다 일한다고 스스럼없이 말하는 걸 보니 그런 것 같소."

"……"

"솔직히 난 젊은이가 어떤 연극을 썼는지 몹시 궁금하오. 연극 포스터엔 우리 시대를 사는 인간 군상의 이야기가 응축돼 있다고 생각했지. 극작가가 되는 건 소설가보다 훨씬 더 극적인 일인 것 같소."

"그건 무슨 뜻이죠?"

"소설 보단 연극이 훨씬 더 직접적이다 란 뜻이우. 세상과 맞서 세상을 비판하고 풍자하는데 연극 만한 게 없단 생각이오. 전달하는 메시지가 더 극적이고 강렬하잖소. 젊은이는 어떤 연극을 썼소?"

젊은 남자는 선뜻 대답하지 않는다. 그는 남은 막걸리를 마셔버리고 이번엔 생선회를 집어 먹는다. 그가 말했다.

"제 삶을 바꿔놓은 건 세월호입니다. 선생님은 작가로서 세월호를 어떻게 생각하세요?"

아 세월호. 불쑥 질문을 받자 내겐 지금 이 상황이 신기하기까지 하단 생각이 들었다. 내가 이 젊은 남자와 제주항의 방파제 위에서 조우하게 된 인연 뒤엔 세월호가 있는 것인가 하는 느낌마저 들었다. 내가 이곳 방파제 위에 앉아 막걸리를 마시게 된 건 세월호에 대한 우울한 마음이 있었기 때문이었다. 나는 새삼 주위를 둘러보았다. 세월호가 밤새 무사히 제주해협을 건너왔다면 이른 새벽에 제주항의 이곳 방파제 앞바다를 통과했을 것임을 나는 알고 있다. 시간이 2년 가까이 흘렀지만 세월호 참사는 생각만 해도 고통스럽기 짝이 없는 일이었다. 나는 젊은 남자에게 대충 다음과 같이 세월호에 관한 내 의견과 심정을 토로하였다. 몇 년 전 나는 인천에서 세월호를 타고 제주에 온 경험이 있다. 여명이 트는 이른 새벽 시간 난간에 기대어 눈 앞에 펼쳐진 한라산과 제주항의 전경을 감격스럽게 바라봤던 기억이 생생하다. 그날 세월호의 침몰 상황을 티브이 생중계로 지켜본 나는 지금도 지워지지 않는 잔상으로 인해 우울증을 겪을 정도이다. 한국 사회가 세월호 이전과 세월호 이후로 갈린다는 말에 나는 동감한다. 그리고 세월호 참사 이후 우리 사회가 2년이 넘도록 분열과 갈등에 처하게 된 건 바로 한 가지 이유 때문이라고 생각한다. 참사 장면을 티브이 생중계로 지켜보며 온 국민들과 함께 발을 동동 구를 기회를 국가의 최고 지도자인 여자 대통령이 그 시간 딴청을 하는 바람에 그만 놓치고 말았다는 것. 국민의 의구심과 지도자의 원죄 의식이 우리 사회를 극도로 대립하도록 만들고 있는 것이라고. 아 그리고 또 한 가지, 배 안에 갇힌 청소년들이 마지막 순간 가족과 친구들과 주고받았던 카톡 메시지. 그것은 너무도 끔찍해서 차라리 몰랐더라면 더 좋았을 것이라고.

내 말을 듣는 동안 젊은 남자는 분노에 사무친 표정을 짓고 눈엔 물기마저 어리는 것 같았다. 어라, 이 친구, 마음이 여간 여린 게 아니네. 젊은 남자가 내 말을 다 듣고 난 후 말했다.

"그날 침몰의 순간을 목격한 저도 분노와 슬픔을 삭일 수가 없었어요. 유가족의 고통도 문제지만 제 자신을 위해서도 해원의 굿 한판이 필요했습니다. 티브이 생중계로 침몰의 순간을 목격한 유가족은 지옥의 고통 속에 갇혀있죠. 그런데 우리 사회는 놀랍게도 그들을 위로하기보단 더한 지옥 속으로 몰아넣고 있어요. 침몰 원인과 구조하지 못한 연유를 밝히라는 주장에 정부가 왜 이리 난색을 표하는지 모르겠어요. 침몰의 순간을 놓친 대통령을 보호하려다 모든 게 뒤틀린 것 같아요. 보상금을 올리려고 시체 장사를 한다고 비난하는 주장 앞에선 어이가 없을 정도입니다. 침몰한 배 속에 갇힌 자식들을 건져달라고 단식하는 유가족 앞에서 폭식 퍼포먼스를 벌이는 사람들은 인간 괴물 같습니다. 사회 안녕을 해치는 민폐 덩어리로 낙인찍는 언론의 여론몰이를 보면 우리 사회가 어쩌다 이런 집단 광기를 벌이는 무정한 괴물이 됐는지 이해 안 갑니다. 농성장에서 유가족을 만나보면 그들은 참으로 엄청난 슬픔과 고통을 겪고 있습니다. 어느 시인의 말대로 인류사에 유례가 없는 〈기이한〉 슬픔입니다."

젊은 남자는 말을 멈추더니 멋쩍은 표정을 짓는다. 우리 사회가 정치적 성향과 이념으로 분열돼 세월호에 대한 태도가 극명하게 갈라져 있음을 신경 쓰는 것 같았다. 그가 말을 맺는다.

"저는 세월호 유가족이 겪는 2차 트라우마에 관한 연극을 썼습니다. 평소 가깝게 지내던 이웃들이 권력과 유착된 언론의 여론몰이에 의해 무정한 관중이 돼 버린 이야기입니다. 유가족이 겪는 그 기이한 서운함과 억울함 같은 걸 전달하려 했습니다. 이 연극은 한동안 주목을 받았죠. 유가족에게도 위로가 되기를 원했습니다. 시인이나 소설가들과 함께 세월호 추모 집회와 진상규명 촉구 활동에도 적극 참여했습니다. 저처럼 창작극을 쓰는 작가는 극단에서 도와주지 않으면 버티기 힘듭니다. 제가 속한 극단은 파산 직전입니다. 먹고 살자고 섹스와 유머

판타지 연극을 쓸 수는 없습니다. 전 그런 대본은 잘 못 씁니다. 제 마음이 그렇습니다. 그래서 당분간 제주에 내려와 노가다 일을 하고 있는 겁니다."

"문화예술인들이 세월호 유가족을 위로하고 진상규명을 촉구하는 집회를 정기적으로 열고 있단 이야기는 진즉에 들어서 알고 있우. 이번 정부는 어찌된 일인지 이런 집회를 아주 질색하던데 그런 연극 공연도 방해하지 않습디까?"

"모르겠습니다. 저들의 정체가 뭔지. 현 정권은 이상하리만치 막무가내이고 끈질긴 것 같아요. 주변에서 벌어지고 있는 일을 보면 완전 비정상예요. 왜 이러는지 모르겠어요. 종북좌빨이란 낙인도 모자라 유가족을 우리나라 5대 악 중 하나라고 표현한 플래카드를 광화문 광장에서 봤어요. 그걸 보고서 전 곧바로 짐을 싸서 제주로 내려왔어요. 한동안 서울엔 올라가지 않을 겁니다."

밤이 깊어가며 제주항의 방파제 위로 소금기를 머금은 습기 찬 바람이 불어왔다. 먼 수평선엔 수적으로 크게 늘어난 오징어잡이 배와 갈치잡이 배들이 밝힌 불빛이 불야성을 이루었다. 통성명을 한 두 사람은 자기 작품에 관한 이야기를 나누고 문학에 대한 열정을 토해내며 동업자로서의 우정 같은 걸 느꼈다. 친근한 마음에 나는 그를 M으로 불렀다. 방파제로 산책 나온 관광객들이 두 사람이 얼굴을 맞대고 앉아 열변을 토하며 술 마시는 모양을 흘끗흘끗 바라보며 지나갔다. 우린 벌써 막걸리 일곱 통을 비웠다. M은 세 번째로 마트를 다녀왔다. 내겐 피로가 몰려왔다. 세월호 이야기도 문학 이야기도 인생 이야기도 취기로 인해 내려감기려는 눈꺼풀을 감당하기 힘들어졌다. 이젠 비행기도 더 이상 육지에서 날아오지 않았다. M이 내게 묻는다.

"선생님은 제주에 그냥 여행오신 거예요?"

아 그렇지. 내게도 사연이 있지. 비로소 나는 젊은 남자에게 내가 제주에 내려오게 된 사연을 말해 주었다. 내 이야기를 듣고서 M이 크게 웃으며 말했다.

"선생님도 저처럼 노가다 일을 하러 오신 셈이군요. 저보다 근무조건이나 작업 환경이 훨씬 좋습니다. 우선 주거비가 안 들잖아요!"

"그건 그렇구먼. 하하."

그날 이후로 3년의 시간이 흘러갔다. 지금 나는 M을
처음 만났던 날과 똑같은 계절에 제주항의 방파제 위에
홀로 서서 육지로부터 쉴 새 없이 날아오는 비행기들을
바라보고 서 있다. 나는 오래전에 연락이 끊긴 M을 그리
워하며 그에게서 소식이 오기를 바라고 있다. M은 어느
날 돌연 사라져버렸다. 나는 M이 대학로의 한 극단의 지
하 연습실로 돌아가 있기를 바라고 있다.

그동안 세상이 크게 변했다. 나로선 M과 함께 이 변
화를 만끽하지 못한 게 아쉽기만 하다. 박근혜 대통령이
탄핵당해 수감되고 새 정권이 들어섰다. 문화예술계 블
랙리스트의 진상이 드러나 관련자들이 유죄 판결받고 수
감됐다. 블랙리스트에 오른 문화예술인들이 차별받으며
경제적인 고통을 겪은 사실이 밝혀졌다. 노가다 일을 하
기 위해 제주도에 내려온 M도 그들 중 한 사람이었다.

블랙리스트 작가가 된 바람에 M은 제주도에서 2년 동

안 건축 현장에서 노가다 일을 하며 지냈다. M이 제주시에서 멀지 않은 중산간 언덕에 위치한 낡은 농가주택에서 거주하는 동안 나는 제주도 남쪽 서귀포 해안에 있는 한 별장에서 별장 관리인으로 지냈다. 사업으로 큰돈을 번 고등학교 동창이 명목상으론 소설가 친구에게 자신의 별장을 집필실로 사용하도록 해 준 것이지만 실제론 별장 관리인으로 채용했던 셈이다. 나의 역할은 별장을 지키고 친구의 가족들이 제주에 내려오면 편안하게 지낼 수 있도록 뒷바라지해주는 일이었다. 유난히 깔끔을 떠는 안주인의 요구대로 별장 안팎을 청결하게 청소해 놓고 이불과 타월 등을 수시로 세탁해 두는 일이었다. 친지 등 다른 사람들이 함께 내려올 땐 필요한 식료품을 구입해서 냉장고를 채워놓고 바비큐 파티를 위한 그릴과 숯불 등의 도구를 챙겨 놓는 일을 했다. 벌레가 끌지 않도록 집안과 집주변을 자주 소독하는 일도 빼놓지 않고 해야 할 일이었다. 그나마 다행인 것은 그 집의 식구들이 제주로 오는 때는 한 달에 두세 번 정도에 불과했다. 나는 풍광이 아름다운 해안가의 멋진 별장에서 편안하고 자유로운 시간을 보냈다. 내가 열심히 글을 쓰는 작가였다면 이런 기회는 큰 행운이 아닐 수가 없었으리라. 매월 일정 금액을 별장 관리 비용으로 지급받았으니 말이다. 시간이 남아도는 이 같은 일은 M에게 더 필요한 게 아닌가 하는 생각을 나는 혼자서 자주 해 보곤 했다.

　M은 일거리가 없을 때면 버스를 타거나 때론 도보로 한라산 중턱을 넘어 서귀포 해안가에 있는 이곳 별장을 찾아왔다. 우리는 함께 제주의 바닷가와 산간 지역 곳곳을 도보로 돌아다녔다. 우리는 우연히도 제주 4·3 사건의 현장을 방문하게 됐다. 제주도에서 벌어진 불행한 역사 정도로 생각했던 우리는 그 실상을 알고 큰 충격을 받았다. 심적 고통을 겪는 건 나보다 M이 훨씬 더 심한 것 같았다. M의 경우엔 세월호의 슬픔 위에 또 한 가지 새로운 슬픔이 더해진 셈이었다. M은 관련 자료와 책들을 찾아 읽고 일을 쉴 때는 기록된 장소들을 찾아다녔다. M은 그가 세 들어 있는 농가의 동네에서 80세 할머니를 알게 되었다며 어느 날 상기된 표정으로 내게 그 할머니에게서 대충 들었던 기구한 삶에 관해 이야기해주었다.

"선생님. 그 할머니야말로 그 끔찍한 일에서 홀로 살아남은 어린 딸이었더군요."

"저런."

"동네 늙은이들 중 누군가가 자신의 가족을 살해한 가해자라고 생각하면서 평생을 그 마을에서 살았답니다."

"그럴 수도 있겠네. 그 당시엔 서로 뒤엉켜 이념적인 투쟁을 벌였으니. 그러나 같이 늙어가는 이웃사람이 아닌가."

"그 할머니 어떤 때 보면 정신이 이상한 것 같아요. 해원이 덜된 게 아닐까요? 어느 글에서 읽으니 제주도에 토벌대로 내려왔다가 제주도에 눌러앉아 산 사람이 많다더군요. 신앙심 깊은 기독교 청년이 내려와서 그런 일에 가담했던 경우도 있고요. 동네 교회의 목사가 처형할 용공분자를 가려내기도 했다는데 이게 사실일까요?"

"글쎄. 별의별 일이 다 있었던 시절이니."

"그 할머니 어떤 날 보면 동네 언덕 나무 그늘 아래에 우두커니 앉아 하루해를 보내더군요. 아무것도 먹지 않고 아무 말도 하지 않고요. 어느 날 저를 보자 뜬금없이 남잔 다 죽었어 하더군요."

"저런."

M은 골똘히 무언가를 생각해보는 눈치였다. M은 무슨 연극적인 상상에 사로잡혔던 것일까. 내겐 M의 이런 변화와 열정이 몹시 다행한 일로 여겨졌다. 나는 M이 다시 희곡을 쓸 수 있게 되기를 바랐다.

어둠이 내려앉는 제주항의 방파제 위에서 나는 쉼 없이 내려앉는 비행기를 바라보며 M에 대한 그리움에 젖는다. M과의 추억을 반추할 때마다 M과 나 사이엔 비행기란 매개물이 있었다는 생각이 든다. 제주도에서 함께 지내는 동안 우리 두 사람은 날아가는 비행기에 대해 특별한 애착을 보이곤 했었다. 함께 이야기를 나누던 중에도 비행기 소리를 들으면 동시에 고개를 젖혀서 하늘을 올려다보았다. 바퀴를 내린 채 거대한 몸체를 낮춰가며 공항 방향으로 사라지는 비행기의 모습은 경외심을 불러일으킬 만했다. 굉음을 내며 고도를 높여가는 비행기일 땐 비행기가 먼 하늘로 사라져서 안 보일 때까지 우리 두 사람은 의식이라도 치르듯이 멈추어 서서 바라보았던 것이다. 하늘에 남겨진 비행 궤적을 바라보는 두 사람의 마음속엔 낯선 곳에 대한 그리움과 방랑의 욕구가 솟았던 건지도. 나는 M이 나처럼 보헤미안의 기질을 갖고 있음을 눈치챘다. M은 당장이라도 어딘가로 떠날 수 있기를 간절히 원해 보였다. 그건 여행에의 욕구를 뛰어넘는 도망치기 같은 것임을 나는 알고 있었다. 어느 날 M이 내게 말했다. M이 별장의 안주인과 어떤 관계를 맺고 있단 의심이 들기 시작하던 때였다.

"선생님. 보들레르 시인이 〈여행에의 권유〉에서 했던 말 아세요?"

잠깐 뜸을 들이던 M이 말했다.

"여기가 아니면 어디든 다 좋다."

"그거 멋진 말이군."

"어느 날 제가 안 보이면 어디 다른 곳에 가 있는 걸로 생각해주세요."

M의 일을 떠올리자 미안함과 서운함 같은 감정이 함

께 솟는다. M은 내가 속한 세계에 엮여 들며 여러 가지 일을 겪었고 어쩌면 마음의 상처를 입었는지도 모른다. 나는 그 일의 자초지종을 잘 모른다. 알려고도 하지 않았다. 나는 단지 M이 노가다 일을 그만두고 다시 책상머리에 앉아서 희곡을 쓸 수 있게 되기를 바랐을 뿐.

내가 별장 관리인으로 일하면서 반드시 지켜야 하는 규칙 중 하나는 별장의 안주인이 올 때는 별장을 떠나 있어야 하는 것이었다. 나는 별장 안팎을 청소하고 식수나 신선한 식재료를 별도의 냉장고에 채워놓은 후 그녀가 도착하기 하루 전날에 별장을 떠났다. 별장으로 돌아오는 때는 그녀가 떠난 다음 날 이후였음으로 내가 안주인과 마주칠 일은 거의 없었다. 별장의 관리인이 남편의 친구인 것에 마누라가 몹시 거북해한다고 동창이 그 이유를 말했다. 누구를 위한 배려이건 나로선 친구에게 고마울 뿐이다. "넌 그냥 별장을 떠나 있으면 돼. 서울에 다녀오던지."

동창의 안주인 일행이 별장에 왔을 때 내가 M에게 미처 알리지 못하고 서울에 간 적이 있었다. 이때 M이 불쑥 별장을 찾아왔었다. M은 나와의 관계를 설명하고 호의로 안주인 일행에게 도움을 주고 또 렌트한 차를 운전해 주었다고 했다. M이 수고비를 받았을까? 그건 모르겠다. 안주인은 꽤 알려진 수필가이고 미술 애호가였다. 그녀가 제주에 오면 제주 산간에 있는 미술관을 주로 찾아간다는 이야기를 동창에게서 들었었다. 그녀의 일행 중엔 문인이나 예술가들도 있었을 것이다. 내가 그랬듯이 그녀들이 M에게 호감을 보였을 건 쉽게 짐작이 갔다. 언제부터인가 나는 안주인이 제주에 꽤 자주 내려온다고 생각했고 그 바람에 나도 덩달아서 서울로 꽤 자주 올라가야만 했었다. 또 그게 언제부터였을까. 내게 딱히 알 수 없는 묘한 느낌이 들기 시작한 것이. 내가 이런저런 엉뚱한 상상을 해 보던 중에 M이 말 한마디 남기고 제주를 떠나버렸다. 우리 사이엔 곧 연락이 끊겼다.

2

아침에 일어나 나는 별장 테라스에 놓인 테이블에 앉아 진한 커피를 마시며 여명이 트는 제주의 바다를 바라본다. 해안으로 내려가는 경사진 언덕길엔 야자수 나무들이 꽤 크게 자라고 있어 열대지방의 해변에 온 것 같은 착각이 들기도 한다. 노트북을 열고 어제 쓴 소설의 한 부분을 다시 읽어보며 수정하려고 애쓴다. 언제나처럼 만족스럽지가 못하다. 뜻밖에도 M에게서 문자가 왔다. 실로 3년여만이었다. 반가운 나머지 나는 가슴이 설레기까지 했다. 나는 핸드폰을 들고 자리에서 일어나 집 안을 여기저기 서성거렸다.

"선생님. 그동안 연락 못 드려 죄송합니다. 그럴 수가 없었습니다. 본의 아니게 선생님을 속였으니까요. 후에 용서를 빌겠습니다. 제 연극이 대학로 극장에서 공연 중입니다. 누구보다 선생님께서 관람해주셨으면 합니다. 제가 다시 희곡을 쓸 수 있게 되기를 가장 바라셨던 분이니까요. 바람이 있다면 제주 4·3기념행사 기간 중에 제주에서 이 연극을 공연하고 싶습니다.

ps. 일 년 정도 일 안 하고 먹고살 수 있는 돈이 생겼어요. 하하. 돈의 출처는 묻지 말아 주세요. 그러나 한 가지는 꼭 말씀드리고 싶습니다. 저도 돈키호테처럼 빵 대신 자유를 택했음을요."